포옹

이야기 서화집

포옹

이야기 서화집

김주대 글·그림

한길사

풍경 속 사람들

'사람이 만들어내는 풍경'은 단순히 망막에 맺히는 빛이 아니라 피부로 느껴지는 살이다. 온기가 있고, 절망 앞에서는 떨기도 하는 살. 많은 풍경은 실제적이고 물리적인 힘으로 사람을 끌어안고 놓지 않는다. 그럴 땐 풍경과 함께 울거나 웃으며 사랑하는 사람을 '포옹'한 것처럼 오랜 시간 머물러야 한다.

풍경에는 나이가 있어서 어린 것들은 귀엽고, 나이 든 것들은 엄숙하다가도 욕심을 보이고, 젊은 것들은 철없이 즐겁다. 사람 사이에서 소외된 풍경을 만날 때도 있는데 그럴 때 나도 그만 세상에서 한없이 소외되어 그 소외된 풍경과 종일 떠돈다. 그리고 풍경 속 사람들의 이야기를 듣는다.

결국 사람이 만들어내는 풍경은 빛이 아니라 사람이다.

자다가 깨어 작업대 도화지 위에 낮에 본 사람들이 앉아 있는 환상을 볼 때가 있다. 불을 켜면 사라지는 사람들. 무서워도 참고 오래 바라보다가 서로 안고 자는 날이 올 때까지 쓰고 기록했다.

아픈 사람의 생각이 깊어지듯이 아픈 풍경은 세상의 더 멀고 깊은 곳으로 사람을 끌고 간다. 거기에 우리가 꿈꾸는 나라가 가끔 있어서 사람들의 이야기가 두런두런 들린다.

글씨를 구별하는 시야각은 전방 20도 범위 이내이고, 색을 구별하거나 사물의 형체를 구별하는 일반적인 시야각은 120도 정도다. 이 시야각을 180도로 넓히기 위해 가만히 서서 눈알을 굴리면서 시선의 왼쪽 끝과 오른쪽 끝에 있는 것들을 가운데로 당겨서 본다. 그러면 눈알은 초점을 잃고 시야는 흐려지지만 의식이 천천히 눈을 뜬다. 모든 것이 세숫대야에 몰아넣은 듯이 보인다.

고독 전체를 돌돌 말고 한데 뭉쳐 움켜잡았다가 살며시 풀며 시를 써내려가는 것처럼, 못 그려도 실경(實景)보다 이야기가 있는 의경(意景)을 그려보고 싶은 마음이 든다.

자동차로 시속 100킬로미터로 달리면 시야각이 40도 정도밖에 되지 않지만 시속 10킬로미터로 달리면 거의 전방

120도 범위를 볼 수 있다. 아예 차에서 내려 제자리에 서서
고개를 이리저리 조금씩 돌리면 주변 360도를 다 볼 수 있다.
달리지 말고 걷고, 걷지 말고 앉아서 둘러보기. 눈에 보이는
것만 보지 않고, 귀에 들리는 것만 듣지 않고, 의식을 끌어내어
보이지 않고 들리지 않는 범위까지 보고 듣기. 눈의 초점을
버리고, 달리지도 걷지도 않고 멍하게 앉아 사방을 둘러보며
사방의 이야기를 듣는다.

　다음 장소로 이동하기 위해 일어날 때는 물에 빠졌던 개가
온몸을 힘차게 떨며 물을 털어내듯이 생각을 털어낸다. 다음
이야기를 찾아가기 위한 준비운동이다. 그렇게 방방곡곡
돌아다니다 보면 사람과 풍경 속에 깃든 따스한 진실을
만나고, 밤새 들어도 좋을 인정의 이야기들을 듣게 된다.

　인간은 망막에 맺히는 빛을 통해 사물을 인식하지만
망막은 세계의 빛 전체를 다 받아들이지는 못한다. 풍경의
일부만이 망막에 맺힐 뿐이다. 눈은 풍경 중 일부를 절취하여
받아들인다. 고막에 맺히는 소리도 마찬가지다. 우리는
고막을 울리는 소리로 세상을 인식하지만 고막도 세상 소리의
일부를 받아들일 뿐이다.

　풍경 속에 사람이 있다면 이야기는 달라진다. 눈과 귀가

비록 풍경의 일부를 받아들인다고 해도 사람이 있는 풍경은 우리의 인식을 느닷없이 확장시키거나 정서를 깊게 하므로 분절된 풍경이라 해도 모든 것을 담아낸다. 사람이 있는 풍경만이 절경이 될 수 있다.

동해안, 그 쓸쓸한 땅끝을 하염없이 걸어가는 걸인을 보았다. 무언가 열심히 중얼거리면서 동해안을 아스라이 걸어가는 그 사내 때문에 나는 동해안을 잊지 못한다. 풍경은 사람과 함께할 때 강렬하고 아름답다.

우리네 삶에서야 더 말할 필요가 없다. 사람이여, 사람이여. '사람'이란 말은 얼마나 쓸쓸하고('ㅅ' 발음) 부드럽고('ㄹ' 발음) 울림이 큰('ㅁ' 발음) 소리인가.

"사람이여~"

부르기만 해도 목이 멘다.

"사람이여~"

나는 사람에 이르기 위해 풍경을 보고 들었다.

시는 들리는(聽) 그림이고, 그림은 보이는(視) 시다. 이것들은 몸의 삐걱거림에서 비롯된 울림 혹은 누수 현상이다. 사랑하고 그리워하며 사는 일이 다 열렬한 삐걱거림이어서 울며 내가 내게서 새어 나간다. 매운 고추를 먹은 것처럼 열나고 목구멍이 확장될 때, 코가 화끈거릴 때, 미간이 붉어질 때, 눈시울이 뜨거워질 때 침을 꿀꺽 삼키면 도달하는 첫 지점에서 울음이 시작된다. 나라 안 방방곡곡에서 오늘도 물컹한 울음과 화사한 웃음을 토해내는 사람들의 이야기를 쓰고 그려 여기 내놓는다.

2022년 5월
김주대

이야기 서화집 **포옹**

2
고통도
슬픔도
온통 음악이다

3
고이고
흩어지며
물들고 번져가다

4
아직까지
봄을 이겼다는 사람을
본 적이 없다

1
그리운 건
상처에서 온다

두 여인의 대화

소통이라는 좋은 말이 함부로 유통되는 세상,
소통은 울음에 가닿을 때 제 의미를
조금이라도 회복한다.

울음은 인류가 세포 덩어리 살이었던 시절의 기억일
것이다. 입을 닫고 살 전체로 흐느끼는 사람들을 보았다.
울음은 언어 이전의 언어, 말 이전의 말로 사람을 부르는 일,
사람에게 깊이 다가가는 일 같다. '소통'이라는 좋은 말이
함부로 유통되는 세상, '소통'은 울음에 가닿을 때 제 의미를
조금이라도 회복하는 것 같다.

서산 터미널 대합실. 출발 시간을 기다리다가 우연히 두
여인의 대화를 엿듣게 된다. 무심코 흘려듣다가 울음 섞인
늙은 여자의 목소리를 듣고는 나도 모르게 귀를 활짝 연다.

서른 중반이나 됐을까. 하이힐의 화장 짙은 '젊은 여자'가
어미인 듯한 '늙은 여자'와 손을 잡고 마주 앉아 서로를
쳐다보고 있다. 중간중간 대화를 끊고 서로를 그렇게 한참

꽃아, 내가 견딜 수 없는 만큼 네가 견뎌다오
열완 번 쯤 눈물 "꽃제게"록 쓰다 김 죽 다

쳐다본다. 대화가 끊긴 동안에 더 많은 대화가 오가는 것 같다. 영화의 어떤 극적인 장면 속으로 빨려 들어갈 때처럼 나는 두 여인의 대화를 귀로 받아 적기 시작한다.

늙은 여자가 눈물을 훔치며 바로 입원하지 왜 왔냐고 나무라자 젊은 여자가 마지막으로 엄마 한 번 보고 싶어 왔다고 한다. 늙은 여자가 젊은 여자에게 마지막은 무슨 마지막이냐고 그딴 소리 말라고 화를 내고는 이제 술집에 나가지 말고 수술 끝나면 내려오라고 한다.

젊은 여자는 고개를 끄덕이며 늙은 여자보다 오래 산 사람처럼 넉넉한 표정으로 늙은 여자의 손등을 가만가만 쓰다듬어 준다. 다 알아서 할 테니 걱정하지 말고 밥 잘 드시고 있으라고 한다.

젊은 여자는 얼굴에 내려오는 어떤 그림자를 지우려는 듯 자주 손거울 달린 파운데이션 통을 꺼내어 톡톡 분을 찍어 바른다. 립스틱도 꺼내어 입술에 바르고는 고루 펴려고 그러는지 아래위 입술을 마주치며 연신 붕어처럼 뻐끔거린다. 늙은 여자가 젊은 여자의 하는 양을 쳐다보며 한숨을 쉰다. 늙은 여자가 젊은 여자의 머리카락 사이에 굵은 손가락을 집어넣어 쓸어내린다. 젊은 여자는 화장을 하며 늙은 여자의

몸이불편한딸이노모의느린걸음을도와면서갑니다. 산오르는걸은 모녀가
흔들리지않도록허리꾸불텅한채로 한참을 엎드려있고요. 산도 우선 저물지
많고 기다리는 중입니다.
십일년 삼월사밀 '미황사가는걸'을쓰고 그리다. 김주대

손길을 따라 이리저리 머리를 움직여 준다.

큰 병원에서 수술하면 돈 많이 들지 않겠냐고 늙은 여자가 묻자 암보험을 들어 놓아 괜찮다고 젊은 여자가 대답한다. 암이 얼마나 무서운 건데 태연하게 말하느냐고 늙은 여자가 걱정하자 젊은 여자는 세상 다 산 사람이 말하듯 이제 무슨 미련이 있겠냐며 걱정하지 말라고 한다.

안심시키는 젊은 여자와 늙은 여자의 처지가 바뀐 것 같다. 젊은 여자가 너무 태연하다. 늙은 여자가 소리 없이 운다. 젊은 여자가 어미가 자식에게 그러듯이 늙은 여자의 눈물을 가만히 닦아준다.

버스를 타려고 일어서는 젊은 여자의 다리가 마른 각목 같다. 늙은 여자가 흐느끼며 젊은 여자를 부축한다. 젊은 여자는 사양하지 않고 늙은 여자의 부축을 받아들이며 버스 쪽으로 걸어간다. 버스에 오르던 젊은 여자가 늙은 여자를 천천히 돌아본다. 살아온 지난 모든 시간과 다 하지 못한 말이 고여 있는 듯 눈에는 눈물이 그렁그렁하다. 손을 흔드는 늙은 여자의 몸이 물처럼 일렁인다.

구경꾼일 뿐인 내 몸도 어느새 눈물처럼 일렁이고 있었다. 젊은 여자가 수술이 잘 끝나 무사히 서산으로 아니 어미

품으로 돌아오기를 속으로 빌었다. 차를 타는 것도 잊고 무슨 서러운 영화를 본 듯이 먹먹했다. 울음은 인류의 슬픈 묘지이기도 하겠지만, 울음은 목소리를 가진 인류 탄생의 자궁이 아니겠는가. 울음에서 말과 문장이 비롯됐을 것이다.

언어는 이미 우는 몸 안에 있다. 몸이 하는 말을 기호로 만들고 기호를 부려 우리는 소통하지만 자연에는 몸만이 있다. 몸의 흔들림을 타고 목청이 흔들리고 혀가 굽고 입술이 움직여 말이 탄생한다. 서로의 몸을 쓰다듬으며 눈물짓는 두 여인은 온통 그대로가 아프고 깊은 문장이었다.

9살 여자아이의 고함

주인아주머니의 넉넉한 미소와 아이의 염려와
관심까지 다 먹었으니. 만리타관 서울 천지 어디에
이만한 부끄러움과 행복이 있으랴.

화곡동 구도로에서는 한 달에도 두어 군데 가게가 문을
닫고, 한두 군데 가게가 문을 새로 연다. 서민들이 적은 돈으로
사업을 시작할 때 비교적 월세가 싼 이 구도로가 적격인
모양이다.

분식집·호프집은 물론 이제는 거의 사라진 컴퓨터 수리점,
코딱지만 한 크기의 옷집, 원색적인 간판의 무한 리필 고깃집,
이전 세입자의 간판만 바꾼 세탁소, 편의점 등 종류도 많고
크기도 다양한 '생계'(生計)가 폐업하고 신장개업을 한다.

한두 달도 못 버티고 문을 닫는 가게가 있는가 하면 10년
넘게 행복하게 장사하는 가게도 있다.

다소 과장된 표현이지만 어떤 가게든 한 번 들어갔다
나오면 망할 집인지 아닌지 알게 된다. 특히 식당의 경우

나오는 반찬을 보면서 폐망과 번창을 점쳐 본다. 갓 버무려 때깔이 좋고 싱싱한 겉절이를 내놓는 식당은 오래가지만, 퉁퉁 불은 콩자반에 익을 대로 익어 빛깔이 죽은 데다 직접 담그지 않고 사온 김치를 내놓는 식당은 곧 망한다. 흔한 말로 다 장사하기 나름이다.

주말 오후 구도로를 하염없이 걷다가 식탁이 두 개뿐인, 동굴처럼 좁은 분식집에 들어가 아침 겸 점심을 먹고 있었다. 마침 한 손님이 식사를 마치고 일어서는데 식탁에는 내가 좋아하는 반찬 한 가지가 따로 더 놓여 있었다. 젓가락도 대지 않은 듯하여 주인아주머니 몰래 끌어와서 젓가락을 막 대었다.

그때 식당 구석에서 태블릿피시로 게임을 하고 있던 초등학교 1~2학년쯤 돼 보이는 여자아이가 벌떡 일어나 나무라듯 소리쳤다.

"안 돼요, 그거 먹으면 할머니께 혼나요."

무안하고 부끄러워 얼른 반찬을 제자리에 갖다 놓았다.

나는 작은 목소리로 속삭였다.

"왜 소리 지르고 그러니? 아저씨 부끄럽잖아."

"남이 먹던 건 다 버려요. 내가 하나 갖다 줄게요."

고양이를 쳐다보는 아이가 보는것도 고양이가 아니다. 일월연월 된 사건들이다. 김구에 圖

여자아이는 콧구멍만 한 주방으로 들어가 할머니, 할머니, 어쩌고 하며 주인아주머니께 나의 거지 행각을 일러바쳤다.

잠시 뒤 부처 같은 얼굴을 한 주인아주머니가 미소를 가득 머금고 방금 만든 듯한, 빛깔 곱고 윤이 나는 가지볶음을 밥보다도 많게 한 사발 내왔다. 순간 속으로 버릇처럼 또 점을 쳤다.

이 가게는 망하려 아무리 노력해도 망할 수 없는 가게로구나. 앞으로 이 가게에서 다시는 옆 식탁 것 주워 먹지 말자고 다짐하며 고개를 푹 숙이고 밥을 먹었다.

밥 먹는 동안, 아니 가지볶음을 다 먹는 동안 아이는 부모가 자식 밥 먹는 것 보듯이 나를 흐뭇하게 지켜보았다. 한 숟갈 한 숟갈 최대한 정성스럽게 밥과 반찬을 먹어야 했다. 밥을 평소 양보다 두 배는 먹었다.

종일 남산만 하게 튀어나온 배를 쓸며 땡볕 아래 걸어 다녔다. 며칠 굶어도 배고프지 않을 것 같았다. 하기야 주인아주머니의 넉넉한 미소와 아이의 염려와 관심까지 다 먹었으니. 만리타관 서울 천지 어디에 이만한 부끄러움과 이만한 행복이 있으랴.

내가 임금이었다면 아이에게 '네가 스무 살이 넘으면 이

번호로 전화를 하거라. 내 너와 결혼하리라' 하는 쪽지를
남기고 나왔을 텐데, 생각해 보니 나는 임금도 뭣도 아니었고
거지급 시인이었다. 오래 전 쓴 졸시 「한 끼」를 읊으며 서울
하늘을 아득히 올려다보았다.

　무릎이 많이도 튀어나온 때에 전 바지의 사내가
　마른 명태 같은 팔로 몸의 추위를 감싸고 표정 없이 걷다가
　시장 입구 버려진 사과 앞에 멈추어 선다
　산발한 머리를 들어 사방을 한번 둘러보더니
　발가락이 삐져나온 시커먼 운동화 발로 슬쩍슬쩍 사과를
굴려
　구석으로 몰고 간다.

뒷모습의 힘

8차선 허공을 맹렬하게 울리는 함성 속에 서면
시간은 분명히 인간의 인간다운 나라,
사람의 사람다운 세상을 향해 흐르고 있다.

배낭을 짊어진 축 처진 어깨, 딸을 위한 생일 케이크를
쥔 손, 고개 숙인 한 남자의 뒷모습이 인터넷 포털사이트에
등장했다. 검찰로부터 일가족이 수사를 받는 조국 법무부
장관의 뒷모습이다.

이 사진 한 장이 검찰의 운명을 바꿔 놓으리란 것을 누가
알았겠는가. 역사는 느닷없이 감각적이고 감동적이고 슬프게
뒤집힌다. 만인의 심장을 뛰게 하는 것은 논리와 이성과
법이 아니라, 이성적 판단보다 앞서 온몸을 훑고 지나가는
감정이다.

검찰 전체가 총단결해 막아도 이룰 수 없고, 다다를 수 없는
아픈 감동이 있다. 시민들의 육신 전체가 지진처럼 흔들린다.
배낭을 짊어지고 문 앞에 서 있는 고개 숙인 한 가장의 참담한

뒷모습 때문에.

대로에 집결한 수십만 촛불 행렬이 하늘이 떠나갈 듯
"검찰 개혁, 조국 수호" 함성을 지른다. 검찰 개혁의 함성이
주변 골목에까지 들불처럼 타들어온다. 목청 하나로 골목에
대기하고 있던 시민들도 갑자기 목구멍에 불이 붙은 듯이
뜨겁게 따라 외친다. "조국 수호, 검찰 개혁" 사방으로 들불이
무섭게 번지고 있었다. 촛불 집회 현장에 오지 않은 사람 중에
스스로 이성적임을 자부하는 많은 사람은 이렇게 말한다.

"이거 조국을 수호하여 검찰을 개혁하자는 거야, 검찰을
개혁하면 조국도 수호된다는 거야? 어째서 온통 조국
타령이야? 조국 수호보다 검찰 개혁에 중점을 둬야지. 나는
선뜻 동의하기 힘들어."

현장의 분위기를 잘 모르고 책상머리에 앉아 머리 굴리는
소리다. 현장에 왔다고 해도 가슴을 열지 않은 이들의 얼고
굽은 혀 삐걱거리는 소리다.

'조국 수호'는 여러 구호 중 하나다. 당장 눈앞에 벌어지는
반인륜적인 수사에 의해 한 가족이 침몰당하는 광경을 한
달 넘게 속수무책 바라봐야 했던 사람들의 인간적 연민과
고통의 공감이 만들어낸 구호. 이것마저 하지 말라고 하면

사람이기를 보류하라는 말과 같다. 36.5도 체온을 가진 이들이 그저 인간의 목청으로 외치는 아픈 구호. '조국 수호'가 최종 목적일 수 없다는 걸 다 알고 있는 사람들이 당장 너무 가슴 아파 어쩌지 못하고 외치는 절규다.

사람들이 외치는 '조국 수호'는 이제 어떤 큰 상징이 돼버렸다. 그 조국이 그냥 그 조국만은 아니라는 얘기다.

집회장 한가운데 서면 더 많은 다른 구호와 노래가 들리고, 무섭도록 뜨거운 사람들의 열기가 느껴진다. 열기가 지향하는 곳은 조국 수호를 넘어 분명히 더 먼 데 있다. 사람들의 표정과 아우성과 눈물과 웃음에서 확연히 느껴지는 어떤 그리움. 과장해 말하면 '사람의 나라'에 대한 갈망에서 오는 피맺힌 함성 같은 게 심장을 찌른다. 8차선 허공을 맹렬하게 울리는 함성 속에 서면 시간은 분명히 인간의 인간다운 나라, 사람의 사람다운 세상을 향해 흐르고 있다.

흙수저 은수저로 견디며 살아온 계급적 심장이 뛴다. 사람들의 표정과 몸짓에서 뿜어져 나오는 선한 기운, 아름다운 정열은 시위에 참여한 열 살 아이들도 그대로 느껴 어른 비슷하게 구호를 따라 외친다. 멋모르고 외치는 구호여도 상관없다. 뼈와 핏줄이 다 보이는 투명한 살을 가진

홀로 바다에 맞서 그는 이기고 있었습니다. 그가 무리 이기 때문입니다. 이섭이던 정월 함께 대독하 를 쓰고 그림

김주대

작고 여린 짐승의 순정한 고함. 그것은 언어 이전의 유대요, 육친적 동감이다. 모든 경계가 사라진다.

책상머리 지식인이여, 굴리다 깨진 머리라도 달고 토요일 현장으로 와 보시라. 와서 냉랭한 관찰자가 되지 말고 시위에 적극적으로 참여해 보시라. 다른 사람들의 말도 들어보고, 같이 춤추며 노래도 해보고 외쳐도 보고 울어도 보라. 이성적 판단력이 뛰어나다고 자부할 터이니 세뇌될 일은 없지 않은가. 연극으로라도 해보라.

그러면 조국 수호를 외치는 사람들의 열기가 궁극적으로 어디를 향해 있는지 어렴풋이 느낄 수 있을 것이다. 그때 입을 열어도 늦지 않다. 지식인이여, 비로소 그때 그대를 열어 그대의 심장과 두뇌를 발설하시라.

매니큐어 아주머니

몸이 뜨거워지면 뜨거운 시,
몸이 식으면 차가운 시, 바람이 몸을 스치고
지나가면 바람의 시.

경상북도에서 강원도로 넘어가는 오르막길 2차선 국도변에
식당과 카센터가 나란히 붙어 있는 곳이 있다. 식당에는
손님이 한 명도 없고 주인도 없다. 차를 세우며 마주친 카센터
사내가 들어오더니 주문을 받는다. 사내가 음식을 만든다면
참 맛없겠다는 생각을 하며 된장찌개를 시킨다. 사내가
나가고 한참 뒤 웬 젊은 여자가 미안하다는 듯 수줍은 미소를
띠며 들어온다. 카센터 사내가 이 여자의 남편인가? 절대 아닐
것이다. 사내는 완전 할아버지 같았고, 여자는 결혼도 하지
않은 처녀 같으니까 부부일 리가 없다, 없어. 젊은 여자가
"미안해요"라고 말하며 물을 갖다 준다. 뭐가 미안하다는 건지
몰라도 나는 잘한 것도 없이 괜히 당당해진다.
　허겁지겁 된장찌개를 먹고 있는데 젊은 여자가 다가와

묻는다.

"짜죠?"

지나가는 길손인데 짜든 말든 먹고 나면 돈이나 받으면
그만일 텐데 왜 묻는 거지? 짜다고 대답하면 어쩌려고.
물어보지 말아도 될 말을 물어보는 건 성격이 좋거나 관심의
표현일 것이다. 떨어진 휴지를 주우며 본 여자의 발톱에
빨간색 매니큐어가 칠해져 있다. 칠한 지 오래됐는지 군데군데
벗겨져 있다. 지저분한 슬리퍼를 끌고 다녀 발이 좀 더러웠지만
더럽다는 생각이 안 들 정도로 예쁘게 생긴 발이다. 늘 하던
버릇대로, 주방으로 가는 여자의 형체와 거기 축적된 시간의
내력을 짐작하며 나는 또 버릇처럼 상상하기 시작한다.

여자는 어느새 아내가 돼 시인인 내게 말을 걸어온다.

"자기야, 오늘 시 마이 썼어?"

"그냥 빈둥빈둥 누워 있었어. 근데 식당 손님이 없어서
어쩌지?"

"자기는 그런 걱정 하지 말고 글이나 열심히 써."

"글이 뭐 그냥 막 나오나? 때가 되면 써지겠지."

"식당도 마찬가지야. 때가 되면 손님이 오겠지."

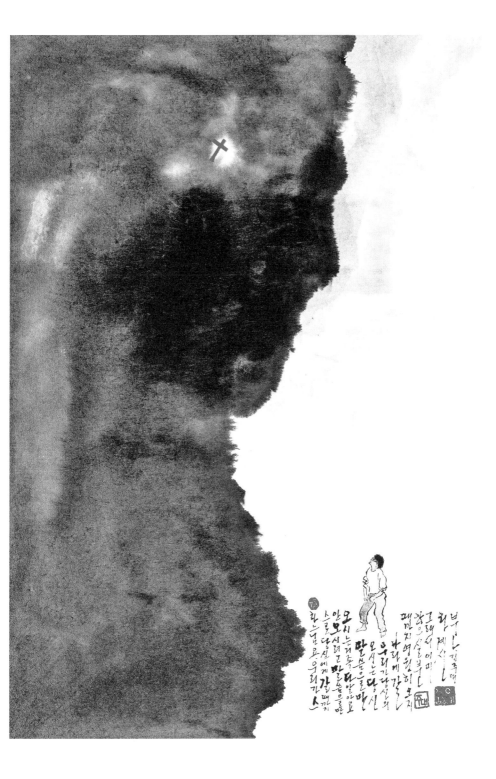

부르신 정복대
형제사
그 형상의 이미
완전상을 본받기
때까지 영원히 못지
우리가 당신의
오신은 당신
말씀으로 된 빛
모시는 주
안에서는 단안 안에요
오 말씀을 들은
스로 당신에게 갈 때까지
라는 눈 안에 우리가 스

하느님, 봄이 오면 나무꼭대기 높은곳에 전투기도 미사일도 닿지 못하도록 연초록 말씀으로 차려주세요. 땅은 씨앗심어 우리들이 거부입질세요. 심칠 년 이월 이일 미국이 교회장성을 반대하며 '연초록말씀'을 쓰고 그리다. 김현기며.

"아이고, 당신은 참 생각이 긍정적이라 좋아. 이리 와, 발 좀 닦아줄게."

"싫어. 내가 씻을래. 너무 더러워서 안 돼. 옆집 카센터 아저씨가 보면 어쩌려고."

"사랑하는 사람 발 닦아주는 게 뭐 어때, 빨리 이리 와, 자 발 담가."

시도 못 쓰는 나는 아내의 발을 열심히 닦아준다.

"자기야, 지금 발 닦는 거야, 애무하는 거야? 때수건으로 박박 문질러야지."

"응응. 자 박박, 박박 흐흐흐."

"간지러워. 아, 자꾸 주물럭거리지 말고 박박 문질러 봐. 어이구, 짐승. 시는 안 쓰고 맨날 내 몸만 만지려고 그래."

"몸에서 시가 나오니까 당신 몸을 많이 만지면 시가 많이 나와."

"호호호, 하여튼 자기는 말은 잘해. 근데 진짜 몸에서 시가 나와?"

"응, 그렇다니까. 몸이 뜨거워지면 뜨거운 시, 몸이 식으면 차가운 시, 바람이 몸을 스치고 지나가면 바람의 시."

뭐 이런 대화를 나누며 발을 닦아주는 거다. 여자 몰래 사온 매니큐어를 꺼내 보여주면 여자는 토끼처럼 눈을 똥그랗게

뜰 것이고 나는 또 의기양양하게 여자의 발목을 잡고 여자를
앉히는 거다. 여자의 발톱에 매니큐어를 칠하며 발을 살짝
간질이기도 하며 가을밤을 보내는 거다. 매니큐어가 마를
동안 여자에게 사랑을 속삭이며, 빨간색이 좋네, 보라색이
좋네 하면서 2차선 국도변의 밤은 깊어갈 것이다.

노력해도 시가 안 써지는 나는 옆집에 취직이나 해볼
요량으로 자동차정비사 공부를 여자 몰래 시작하겠지.

"사는 게 다 시지, 시가 뭐 별거야"라는 말에 실망한 여자를
위로하며 흰머리가 하나둘 생길 것이고, 여자가 시 못 쓰는 나를
무시할 무렵 나는 제법 생활인다운 모습을 갖추고 있을 것이다.
절필 선언 따위 필요도 없이 여자와의 사랑은 깊어갈 것이고.

상상이 끝날 무렵 카센터 사내가 식당 문을 열고
들어오더니 소리친다.

"여보, 밥 좀 줘."

아 빌어먹을, 저 사내가 남편이었구나. 남편이 떡 버티고
있는 여자를 대상으로 한 나의 상상은 불경했다. 그래 둘이
알콩달콩 행복하게 잘 사시라. 나는 해 떨어지기 전에
강원도로 넘어가야 한다.

칼의 철학

삶을 배움으로 여기는 사람의 은은함이
아름다웠다. 시간을 들여 무엇을 이루는 것은
느린 것이 아니라 확실한 것이었구나.

　전부는 아니라고 하더라도 서울은 확실히 많은 것을
잃어버린 도시다. 화사하고 생경한 빛을 얻은 대신 삶의
소박함과 은은함을 잃었고, 생산성과 효율성을 얻은 대신
통찰과 인정을 잃어버렸다. 그래서 간혹 우리가 잃었고
잊었던 것들을 만나게 되면 반가움은 배가된다.
　가을 오후의 햇살을 따라 여기저기 빌~빌 돌아다니다가
칼 가는 아저씨를 우연히 만났다. 칼이 잘 들지 않거나
오래되면 새것으로 바꾸는 경우가 많은 요즘, 칼 가는
아저씨를 만나는 건 쉬운 일이 아니다. 아저씨께 캔 음료를
하나 대접한 핑계로 많은 얘기를 나누었다. 날카롭게 칼을
갈면서 오히려 한없이 부드러운 얼굴이 되신 분의 소박하나
깊은 통찰을 알현한 기분이었다. 아이처럼 쪼그리고 앉아

칼도 깨끗한 칼들이 있고 더러운 칼들이 있어 송장이 되 칼 뿌리거 엎질렀데 바로
보면 말 안 갈 칼들건 간혜에 깨끗한 사장들 있고. 정의롭고 끝이 봉아든데 더러 엎게 사를
사장들 있죠 이 말야 칼 갈다가 다 닳을 때까지 갈 나서 쓸 수 있어. 죽을
때까지 갈 고 닳는 거지.
십 며런 구편 「칼잡이 아저씨의 말씀」을 쓰고 그리다. ㄱ 님 ㅇ 때.

쫑알쫑알하는 질문에 일일이 다 대답해주시는 아저씨가 인정 많은 아버지처럼 느껴졌다. 내뱉은 말씀들은 그야말로 모두 어록이었다.

"칼도 더러운 칼과 깨끗한 칼이 있어, 그게 그 사람이야."

칼을 들고 손잡이와 칼 뿌리 연결 부분을 가리키며 말씀하셨다. 그게 그 사람이라니, 무슨 말인지 몰라서 물어보았다.

"그게 무슨 말씀인가요?"

"손잡이와 칼 뿌리가 연결된 부분을 보면 알아. 그 부분을 깨끗하게 사용하다 가지고 오는 사람을 보면 얼굴도 맑아."

"아, 그렇군요. '깨끗한 칼'이라는 말씀 참 멋집니다. 근데요, 아저씨, 더러운 칼 가지고 오는 사람은 진짜 얼굴도 좀 더러워요?"

아저씨는 잠시의 망설임도 없이 대답하셨다.

"확실히 그래."

날카롭고 곧고 강하다고 다 깨끗한 것이 아니구나. 정의로운 듯 날카롭고 곧아 보이는데 더럽게 사는 사람도 있겠구나 하는 생각을 했다. 날카롭되 깨끗하게 살아야겠구나. 나는 속으로 무척 뜨끔했다. 아저씨의 말씀을

'칼의 철학'이라고 부르고 싶었다.

"나 같은 사람을 굳이 찾아와서 칼을 갈아서 쓰는 사람은 음식을 아쌀하게 잘 만드는 사람이야."

아쌀하다는 말은 일어에서 온 말이다. '깨끗하고 똑 부러진다'는 의미가 들어 있겠지만, 아저씨는 좀더 다른 의미를 덧붙여 말씀하신 건 아닌지 싶어 물어보았다.

"아저씨, 아쌀하게가 무슨 뜻인가요."

"아~ㅅ~쌀한 걸 말하는 거야."

나는 눈을 멀뚱거리며 아저씨를 쳐다보았다. 답답하셨던지 아저씨는 좀더 강한 어조로 말씀하셨다.

"아, 아아아~ㅅ~쌀한 거."

"하하하하, 아, 네에, 네에, 무슨 말씀인지 알겠습니다."

"그리고 말이야, 마트에서 파는, 칼 가는 거 하나 사다놨다가 쓱쓱 갈아 대충 써도 되는데 굳이 시간을 내서 나한테 가지고 온단 말이야. 그런 사람은 칼 쓰는 법도 잘 아는 거지. 나한테 갈면 확실히 달라. 칼이 잘 들어야 음식은 각도가 나오고 정확해."

나는 속으로 또 놀랐다. 정확한 음식, 음식의 각도, 참 오묘한 말이다. 음식에도 각도가 있다니.

"우와~ 진짜 아저씨 말씀 배울 것이 참 많습니다."

"배우긴 뭘 배워, 사는 게 배우는 거지."

아저씨는 겸손하셨다. 삶을 배움으로 여기는 사람의 은은함이 아름다웠다. 시간을 들여 무엇을 이루는 것은 느린 것이 아니라 '아쌀한 것, 확실한 것'이었구나. 각도 없이 살아온 나는 또 반성하지 않을 수가 없었다.

칼에서도 그 사람이 보이지만 그 사람의 말과 행동에도 그 사람이 기록되고 새겨진다는 생각이 들었다. 속일 수 없다. 아저씨가 살아낸 시간이 얼핏 아저씨의 겸손한 말씀과 알뜰한 행동에서도 보였다. 시련과 역경도 있었고 탄탄대로 뻗어가던 환희의 날들도 있었으리라. 날카로운 칼을 갈면서 오히려 부드럽고 소박해진 아저씨의 역설의 삶, 깊은 통찰의 생을 이 도시는 되찾아와야 하지 않을까. 아저씨는 칼에서 그 사람의 됨됨이를 보고, 나는 아저씨의 말씀에서 우리가 잃고 잊은 사람의 길을 보았다. 고맙고 즐거운 시간이었다.

해장국집 산타클로스

글에는 글을 쓴 사람이 들어 있고
음식에는 음식을
만든 사람이 들어 있다.

이른 아침 해장국집에 들어갔다. 간판에
'○○해장국'이라고 쓰인 아주 작은 가게였다. 퉁퉁하게 생긴
아주머니가 반갑게 맞으며 권하는 안쪽 자리에 앉았다. 몇
가지 메뉴 중에 제일 위에 적힌 '○○해장국'이란 걸 시켰다.
다 만들어뒀다가 데우기만 해서 내오는 게 아니라 기본
국물에 여러 가지를 넣고 새로 끓이는 것 같았다.

시간이 좀 걸려서 나온 해장국의 뜨거운 국물이 참
시원하고 개운했다. 담백하면서도 칼칼한 맛. 어떻게
설명해야 할지 모르겠지만 분명히 깊은 맛도 있었다. 국물을
후후 불며 정신없이 먹다가 TV를 보려고 고개를 들었는데
아주머니가 나를 계속 쳐다보고 있었던 것 같다. 뭔가를
물어보고 싶은 눈치 같기도 했고, 내 얼굴에 뭐가 묻어서

깨끗한 마음으로 기다리면 반드시 맑아질 거라 믿고 그림 김하나미

말하려고 하는 것 같기도 했다. 그것도 아니면 혹시 이른
아침부터 해장국을 먹으러 온 사연이 궁금해서였을까.

예상과 달리 아주머니는 아주 침까지 삼키며 목울대를
꿀꺽하더니 "아이고, 참말로 맛있게 드시네요" 하는 게
아닌가. 얼굴 가득 부처 같은 미소를 머금고 있었다. 어릴
적부터 음식 하나는 정말 맛있게 먹는다는 소리를 자주 듣긴
했지만 근래 들어본 적 없는 따스한 말이었다. 그래 나도 씩
웃으며 기분 좋게 답을 해드렸다.

"아따~ 참말 맛있네요. 이런 데 있는 줄 알았으면 진작 자주
왔을 텐데 말입니다."

밥을 말지 않고, 밥 한 숟가락 국물 한 숟가락 하면서,
밥그릇 비워지는 줄 모르고 먹다가 보니 일찌감치 밥그릇은
바닥이 나 버렸다. 그릇 바닥에 조금 붙은 밥을 긁어
국물에 마는데 채 한 숟가락도 되지 않았다. 입맛을 다시며
좀 아쉽다는 생각을 하는 그때, 마치 기다렸다는 듯이
아주머니가 밥 한 공기를 가지고 와서 슬쩍 내밀었다.

"아이고, 내가 적게 담은 밥을 드렸네요."

객지 밥을 많이 먹은 나는 눈치가 9단이다. 그냥 한 그릇
더 주며 선심 쓰듯 생색내는 말을 해도 될 텐데 무슨 큰

잘못이라도 한 것처럼 자책하면서 더 주는 아주머니의 밥 한 공기.

식사를 마치고 카드 대신 만 원짜리 한 장을 드렸다. 1000원을 거슬러 줘야 하는데 아주머니는 3000원을 거슬러 줬다. 맛있는 음식을 먹은 것만 해도 고마운 일이었다. 밥 한 그릇 더 공짜로 얻어먹는 건 도리가 아니다 싶어 2000원을 도로 드렸다.

"너무 맛있게 먹는 게 보기 좋아서 그러는 거예요. 추가 밥값은 안 받을게요."

"아이고, 이러시면 제가 미안하잖아요. 받아 두세요."

돈을 내밀어도 아주머니는 한사코 거절했다.

"호호 내가 이걸 안 받아야 손님이 다음에 또 오죠."

푸핫, 그러니까 아주머니 말씀은 이미 미래에 대한 이득도 계산했다는 것이었다. 인심만 쓰는 것으로 보이면 내가 미안해할까 싶어 미래 이득도 다 계산해서 하는 일이니 맘 편하게 가라는 얘기였다. 2000원을 다시 주머니에 넣으며 깊은 인사를 드리고 나왔다.

인심을 쓰면서도 상대가 미안한 마음이 들지 않도록 하는 아주머니의 지혜로운 말씀, 크리스마스를 앞두고 예수님께서

또그래 앉아 귀를 세우고 아주 멀리서 왔으므로 무성장아진 소리를 듣는다. 새싹은
하나의 이념이 가장 깊이 이러서서 가장 맑은 곳으로 복숭 이 수이의
약속이다. 볶주 이래. 지극 미륵 흘러온 기억의 개화. 무구 에서 움 또
하나가 빠져나와 이토록 찾고 푸르다. 불 가사의는 하장에 실천되고
이념우루늘록 소박하다. 햇빛속에 단 하나의 세계를
건설하고 품앗으로 돌아갈 것이다.

성철 년 사월일일 "화엄경"을 쓰고 그림 김구대.

보낸 말씀이 아닌가 싶었다. 손님을 다시 오게 만들면서도
인심과 배려에 인색하지 않은 아주머니의 지혜가 새삼스럽게
따스하게 느껴졌다. 따스한 지혜, 정이 담긴 지혜란 그런
것일까. 글에는 글을 쓴 사람이 들어 있고, 음식에는 음식을
만든 사람이 들어 있다. 아주머니의 말씀에는 아주머니의
인정과 배려와 지혜가 깃들어 있었다.

산타클로스는 때로 말씀을 타고 오시는지도 모른다.
세상은 이야기로 이루어졌다. 이야기 중에도 따스한 이야기가
이 세계 무게의 90퍼센트를 차지하고 있음이 분명하다.
나머지 10퍼센트는 돈이 차지하고 있다. 그 10퍼센트가
세계를 아프게 한다. 그래도 끝까지 따스한 이야기를 들고
10퍼센트의 돈과 싸워야 하지 않겠나 싶다. 이길 때까지.
해장국집 아주머니는 따스한 말씀, 따스한 이야기를
선물해주신 산타였다.

포옹

그래 잘 가, 사랑한다,
너희들과 너희들 같은
순한 세상을.

미세먼지 없는 맑은 날이었다. 머리도 식힐 겸 카메라를
들고 나섰다. 산동네 골목을 이리저리 돌아다니다가 작은
슈퍼 앞에 앉아 막걸리를 한 병 사서 마시며 지나가는
사람들을 구경했다. 사람들을 쳐다보며 그들의 인생을
엉터리로 짐작하는 재미가 좋았다. 저 사람은 시골에서
상경해 자취하는 대학생이겠고, 저 사람은 머리를 써서
일하는 직장인, 머리가 헝클어진 저 사람은 실업자…

그러다가 지나가는 꼬마들에게는 웃으며 무단히 손을
흔들기도 했다. 꼬마들은 곧잘 함께 손을 흔들어주었다.
심지어 유모차 안의 아기도 낯선 사람에게 응답해 손을
흔들었다. 그러면 또 유모차를 밀던 아주머니도 빙긋이
웃어주는 동네, 마음이 따스해지는 동네였다. 흔히 '이발소

그림'이라고 부르는 어떤 서정적인 그림 속 한가운데 앉아 있는 느낌이 들었다.

풍경을 바라보다가 내가 그만 풍경이 돼버린 듯한 착각을 하며 막걸리 한 병을 비웠다. 슈퍼 직원에게 화장실 있는 곳을 물어보았다. 가게를 봐야 할 텐데도 직원은 일부러 나와 길 건너까지 나를 데리고 가서 친절히 가르쳐 주었다.

"이쪽으로 쭉 가다가 저쪽으로 가서 저기 왼쪽으로 꺾으면 미장원이 나와요. 거기서 다시 오른쪽으로 가다가 개집 뒤로 돌아가면 돼요."

먼먼 길 미로를 지나 화장실을 찾아가다가 일을 저지를 것 같았지만 미안한 맘이 들 정도로 친절한 안내 덕분에 무사히 다녀왔다.

막걸리를 한 병 더 사려고 계산대 앞에 섰다. 장난을 치다가 들어왔는지 땀을 뻘뻘 흘리는 남학생 둘이 음료수 두 병 값을 계산하고 있었다. 직원이 카드를 긁다가 말했다.

"잔액이 없는데요?"

"너 돈 좀 있냐?"

카드를 내밀었던 학생이 작은 목소리로 옆에 선 학생에게 물어보았다. 옆에 선 학생이 머뭇거리며 답했다.

"없는데…"

순한 눈망울을 굴리며 곤란해 하는 두 학생을 구해주고
싶었다. 막걸리 값을 계산하라고 직원에게 카드를 내밀며
두 학생의 음료수 값도 함께 계산해 달라고 빠르게 말했다.
음료수를 받아든 두 학생이 음료수 한 번 나 한 번 번갈아
쳐다보며 수줍어하면서도 고맙다는 인사는 끝내 하지 않았다.
하지 않는 것이 아니라 하지 못하는 것 같았다. 그들에게
음료수 두 병 값은 적지 않은 돈인 모양이었다. 큰돈을 거저
받은 이해할 수 없는 황당한 상황이 그들에게 닥친 것이었다.

막걸리 마시는 내 주변에서 우물쭈물하며 한참 머물러
있기에 어쩌나 보려고 일부러 가만히 있었더니 역시 고맙다는
인사를 하지 못하고 가버렸다. 넉넉하게 사는 집 아이들
같았으면 대수롭지 않은 음료수 두 병을 받아들고 깔깔대며
아저씨 고마워요, 아저씨 짱, 어쩌고저쩌고 해대며 막
까불었을 텐데.

시간이 얼마나 지났을까. 막걸리를 다 비우고 얼큰해
일어서려는데 떠났던 두 학생이 자전거를 타고 급하게
돌아왔다.

"무슨 일이니?"

눈에 꽃을 심는 말 바램. 새하얀이월 봄을 그리다. 그리움다

"저어, 아저씨, 가다가 보니까 천 원이 있었어요. 죄송해요."

카드를 냈던 학생이 주머니에서 천 원짜리 한 장을 꺼내 내밀었다.

술에 취한 나는 나도 모르게 녀석의 손을 덥석 잡고 끌어당겼다.

"야, 인마, 이리와 봐."

녀석을 포옹하며 좀 서러워졌다. 그까짓 천 원 그냥 모르는 척하고 가버리지. 천 원을 크게 생각하는 녀석들이 고마웠다.

"아저씨는 이 돈 받기 싫다. 음료수 두 병은 선물이야, 아저씨에게 이 돈을 주는 건 아저씨 선물을 거절하는 거야. 그러면 안 돼. 어여 가, 공부하지 말고 놀러 다녀, 안녕!"

천 원짜리를 징그러운 벌레 잡듯 들고 녀석들은 또 인사를 제대로 하지 못하고 쭈뼛거리며 자전거 방향을 돌렸다. 큰 소리로 "잘 가"라고 했더니 자전거를 타려다 말고 그제야 수줍게 인사했다.

"고맙습니다. 안녕히 계세요."

나는 속으로 중얼거렸다.

'그래 잘 가, 사랑한다, 너희들과 너희들 같은 순한 세상을.'

아름다운 욕설

설명할 수 없이 간절할 때
말할 수 없이 다급할 때 몸에서 그런 주술의 말이
곧잘 터져 나오기도 한다.

정신과 몸이 어떤 것을 향해 한없이 기울어질 때 식은땀이
흐르며 가끔 몸이 떨릴 때가 있다. 그러면 고름처럼 신음처럼
목구멍에서 말이 흘러나온다. 목구멍으로 말을 밀어낸 힘,
발음기관들의 미세한 근육을 움직였을 그 힘, 아니 어쩌면
스스로 목구멍 밖으로 기어 나왔을 말의 자력, 그것이 주술적
힘이 아닐까.

실은 발음기관들의 미세한 근육이 움직이기 이전에도 이미
말은 있었을 것인데, 다만 발음기관을 빌려 목구멍 밖으로
출현했을 뿐이겠다. 욕설도 그런 말 중의 하나가 아닐까 싶다.
아들의 친구 중에 아람이라는 녀석이 있다. 강 건너 홍익대를
다니는데 자전거를 타고 강서구에서 등하교를 한다. 녀석은
친구인 아들에게 한 번도 대학 이야기를 하지 않았다고 한다.

아들이 왜 대학 이야기를 하지 않느냐고 물어본 적이 있다.

"구야, 네가 대학 안 다니는데 내가 어찌 대학 이야기를
하냐."

녀석은 행동이 몹시 느리고 성격은 양, 아니 순한 곰
같다. 얼굴은 인자하게 길고 키가 훌쩍하니 크다. 무엇보다
느린 행동 때문에 친구들에게 자주 놀림을 받는다. 욕설은
한마디도 할 줄 모르는 미련하게 착한 요즘 보기 드문
녀석이다.

녀석이 여느 때처럼 하굣길에 자전거를 타고 느릿느릿
성산대교를 넘어오는데 갑자기 머리끝이 쭈뼛 서며 심장이
막 뛰더라는 거였다. 웬 여자가 대교 난간에 다리를 올리고
뛰어내리려고 하는 것을 본 것이다. 평소 행동이 그렇게도
느렸던 녀석이 그때만은 뿔에 불붙은 짐승처럼 펄떡
뛰어오르며 자신도 모르게 자전거를 팽개치고 있는 힘을 다해
뛰어갔다고 했다.

"으으으으, 아 씨바, 아 씨바, 아 씨바… 저기요~ 저어~
으으으으, 아 씨바, 아 씨바…"

녀석은 여자를 붙들고 무사히 난간 안쪽으로 나뒹굴었다.
여자를 꼭 안은 채 누워서 전화기를 겨우 꺼내 신고했다.

노란풍선

노란풍선은 집을 안다. 허공에 놓인 길을 밟으며 성큼성큼
라 눌러 간다. 나 잘 살고 있다 그저 대충 한 번도 울지 않고
잘 살고 있다고 사랑한다고 십팔 번 사회 잡으며 내려

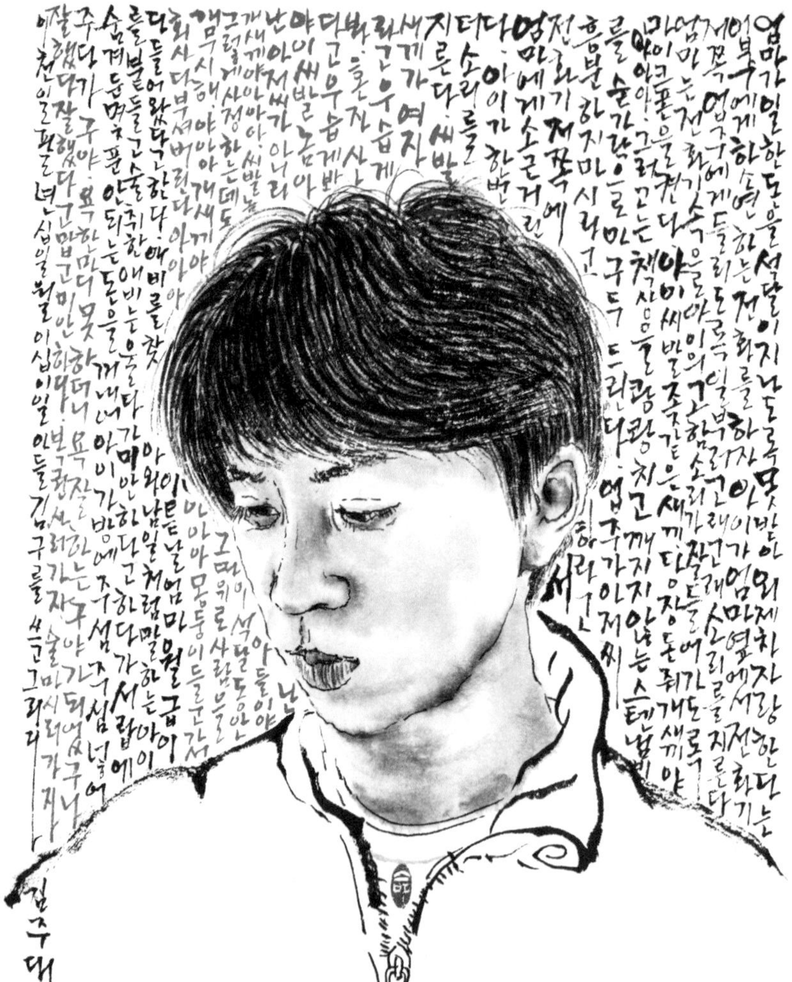
김주대

119가 올 때까지 덜덜 떨면서 흐느끼는 여자를 안고
있었다고 한다. 여자를 119에 무사히 인계하고 성산대교를
넘어 화곡동에서 기다리는 아들에게 올 때까지 계속 심장이
뛰더라는 거였다. 그 여자를 붙들지 않으면 평생 눈앞에
귀신이 어른거릴 것 같아 자기도 모르게 달려갔던 것 같다고
했다. 아들 녀석이 "여자 이쁘더나" 하고 물었더니 "그게
아, 나도 솔직히 안고 있는 동안 잠깐 여자를 봤는데 완전
엄마 또래 아주머니야"라고 말하며 씨익씨익 웃었다고
한다. 여전히 심장이 뛴다며 떨고 있는 녀석과 아들은 술을
만취하도록 마시고 내게 찾아와서 또 술을 내놓으라고
큰소리쳤다.

　평소에 욕 한마디도 못 하던 녀석이 타인이 다급할 때
'씨바~씨바~' 하며 달려갔을 모습을 상상하니 아름다운 한
사람의 뜨거운 피와 심장을 만지는 느낌이 들었다. 선물받은
술 중 최고급 술을 내놓고 여전히 심장이 뛴다는 녀석과
아들과 우리 셋은 지화자 얼씨구 건배를 했다. 수렁에 빠진
사람, 다급하게 구조를 요청하는 사람, 무엇보다 상처 입고
쓰러져 누운 사람을 보면 "으으으으, 아 씨바, 아 씨바…" 하며
최선을 다해 달려가는 인간이 되자며 새벽까지 술을 마시는

양말 여섯켤레
한주일의 건날 꼈던 발들이 널려있다
발들이 걸어왔던 눅눅한길을 햇살이 어루만져 주고있다
월요일에는 저 강둑데 하다가
빤숭빤숭한몸으로
주인목따라 길을 나설것이다

십사년시월 김주대

내내 우리는 사뭇 진지했다.

　욕설은 구체적 사물이 아니라 상황과 사태에 대한 총체적 반응을 고도로 추상화한 개념어다. 꽃도 달도 할 수 없는 욕설을 인간만이 할 수 있다. 자신도 모르게 심장에서 튀어나오는 욕설은 때로 몸의 힘을 최대한 끌어올리는 에너지로 작용한다. 욕설 중 어떤 것은 이성적 판단 이전, 혹은 존재의 근원에서 발생하는 초자연적인 힘과 함께한다. 언어의 주술성, 언어의 생물성이 그런 게 아닐까. 주술성은 초자연적인 힘으로 재앙을 물리치거나 앞으로 다가올 일을 점치는 성향을 말하는 것인데, 사실 설명할 수 없이 간절할 때, 말할 수 없이 다급할 때 몸에서 그런 주술의 말이 곧잘 터져 나오기도 한다. 저속하지 않은 어떤 욕설은 욕설이 아니라 목숨의 연대, 목숨의 힘이기도 하겠다.

감포읍 옥이네

생계를 잇느라 얼굴이 꺼멓게 타면서도 선한 본성과
화사한 웃음을 잃지 않으려 노력한 모습이 입가 주름에
성실하게 새겨져 있다. 오붓하고 낮고 환한 얼굴이다.

아픈 봄이다. 코로나19 사태로 '사회적 거리두기'에 동참한
나도 여행을 중단했다. 지난해 동해안을 여행할 때 들렀던
'옥이네'라는 가게가 문득 떠올랐다. 씩씩하게 잘 견뎌내고
있는지. 동해안 감포읍에는 모녀가 하는 '옥이네'라는
허술하나 깔끔한 가게가 있다. 곰장어구이, 조개구이를 파는
집이다. 1인분은 안 된다고 애절히 협박하기에 곰장어구이
2인분을 소주와 함께 시켰다.

생계하는 이들의 얼굴을 기록하고 싶어서 손님으로 잠입한
식당. 얌전하게 먹으면서 최대한 밝고 아름다운 모습을
보이려 노력했다. 취해도 취하지 않고 안 취해도 취하고,
용감하게 혼자 떠들다가도 엄마와 딸이 하는 말에 슬쩍슬쩍
장단을 맞춰주기도 했다. 테이블에 장어구이를 마련해주고

굽는 법까지 상세히 알려준 엄마는 손님이 뜸한 틈을 타 가게 방충망을 고치기 시작했다. 바닷가에서는 철망 모기장도 1년이면 다 부식된다며 창틀을 뜯어 와서 직접 고친다. 딸은 엄마에게 아주 공장 하나 차리시구려 어쩌고 해쌌는다. 밉지 않게 핀잔을 해대는 딸과 깔깔거리는 엄마. 안 듣는 척 다 들으며 모처럼 흐뭇이 술잔을 기울었다.

어색하게 낑낑거리며 장어를 굽는 것이 불쌍했던지 방충망을 다 고친 엄마가 안 구워줘도 될 곰장어를 구워주면서 맛이 좋냐 안 좋냐 응답하라며 짓궂게 굴었다. 마음이 따스해진 나는 엄마의 얼굴을 그려 보고 싶었지만 말을 꺼내지는 못하고 술만 거듭 마신다. 가게가 바쁜 토요일에 스케치북을 들고 그림을 그리고 싶다고 했다가는 물정 모르는 사람 취급을 받을 것 같아서 상황을 살핀다. 연인끼리 온 연로한 진상손님이 시비를 걸어도 일절 대꾸 없이 고요히 잔을 비워 나갔다.

아, 내가 생각해도 나는 얼마나 점잖고 고요한 유랑중년인가. 소주 두 병을 비우고 마침내 용기가 생겨 폭탄을 던졌다.

"저어기, 사장님 얼굴 좀 한 5분만 그려도 돼요?"

조금 의아해하던 엄마는 이내 흔쾌히 허락했다.

"네, 그러세요."

너무 빠른 허락이 어리둥절할 지경이었다. 모녀를
동시에 그리고 싶었지만 장사에 방해가 될 것 같아 엄마만
꼬부랑꼬부랑 한 5분을 그렸다. 닮고 안 닮고는 중요하지
않다.

엄마는 실물보다 예쁘게 그려 달라고 했지만 그게 말이
되는가. 내가 크로키를 해봤는가, 데생을 해봤는가, 무작정
그리는 거지. 그림을 완성하고 딸의 휴대폰에 그림을
전송해주었다.

술을 비우고 계산을 하고 간단히 인사를 했다. 아쉬운 듯
아쉽지 않은 듯 쳐다보았지만 뒤도 안 돌아보고 비틀비틀
형광등 밝은 큰 여관으로 돌아왔다. 그림과 사진을 대조하며
특징을 살펴보았다. 코가 좀 큰 얼굴이다. 눈썹 문신도 보인다.
젊었을 적 조신했지만 많은 사내들과 콧대 있게 매력적으로
지낸 모습이 보였다. 지금은 꺼멓게 타고 영양가 없이 처진
살이지만 갸름한 얼굴에 건더기 없이 맑은 웃음, 더욱이나
조금 새침하게 깊은 눈이 사내들깨나 애타게 했을 듯했다.

생계를 잇느라 얼굴이 꺼멓게 타면서도 선한 본성과 화사한

웃음을 잃지 않으려 노력한 모습이 입가 주름에 성실하게
새겨져 있다. 오붓하고 낮고 환한 얼굴이다. 장하신 분이다.
손목을 잘 못 쓴다는 남편, 식당일도 도와주지 않고 방충망도
갈아주지 않는 남편. 어민은 아닐 테고 게으른 지식인이라고
한들 그런 남편을 버리지 않고 살았을 장군다운 여인의
모습도 보였다.

　어쨌든 건강하고 착하고 강한 이 여인을 기록하고 그리고
싶은 맘이 생겼다. 날이 밝으면 다시 가게 바깥 전체 모습을
사진으로 좀 담겠다고 했더니 6시쯤이 일출이라는 말도 잊지
않던 친절한 여인. 생계에 강인한 사람. 코로나19 사태가
진정되면 다시 짐을 싸서 장한 여인을 만나러 가야겠다.

2
고통도
슬픔도
온통 음악이다

사랑의 흔적

사랑이 떠나도 사랑은 가슴속에 남을 것이고
사랑이 끝나도 사랑은 시작될 것이니
새로운 한 세상이 그렇게 열릴 모양이다.

　외할머니가 키우는 아이인 걸 알고 외할머니 생신 때마다
미역을 사서 자전거 뒷자리에 묶어주시던 선생님.
중학교 1학년 때 담임선생님이 제자의 그림 전시장에
찾아오셨다. 36년 만의 만남이었다. 스물 몇 예쁜 처녀는
할머니 수녀님이 돼 있었다. 이젠 내게 미역을 사주셔도
갖다드릴 외할머니는 없다고 했더니, 다 신의 뜻이라고
하셨다. 담담하면서 깊은 모습이 예전의 선생님과 다르셨다.
교황청의 명령에 따라 비공식적으로 남북을 왕래하시면서
어려운 사람들을 돕는 일을 하시는 모양이었다. 선생님이
며칠 전에 돌아가셨다.
　"선생님, 아니 수녀님~ 먼 길 혼자 가시게 해서 죄송해요.
철모르던 시절 선생님 덕분에 즐거웠지만 다 커서야 그게

더할머니가 키우는 아이인경일은 외할머니생신때마다 미역국
신라 차려다놨지네 물어주시던 고향은 일찍만일때 신사임께서
돌아섰다. 신삼삼육년만의 만남이었다. 스물몇 해빼 치나는
할머니 여님이 되어있었다. 신의 뜻이라고 했다. 이젠 내게
미역을 사주려도 갚아드릴 외할머니는 없다. 다 신의 뜻이라고
하셨다.

심라년시월 늦일 김선미 선의 보본 사망하며. 김 육매 쓰그림

행복이란 걸 알았지요. 선생님이 미역을 가방에 넣어주시면 제가 성질을 부리며 도망가고 그랬는데요. 선생님요, 선생님 가시는 하느님의 나라에서는 늘 건강하게 행복하기만 하시기를요. 선생님이 모든 게 다 신의 뜻이라고 하셨지만 이토록 슬픈 건 어쩔 수 없는 일이군요. 선생님, 하늘나라에서 우리 외할머니 만나시거든 저 잘 살고 있다고 말씀도 해주시고 미역국도 함께 끓여 드세요. 선생님 행복하고 고마웠습니다.”

조사 비슷한 걸 써서 SNS에 올리고는 무작정 한강까지 두 시간을 걸어갔다. 청둥오리들이 헤엄쳐 다니는 한강을 종일 바라보았다. 청둥오리 두 마리가 사랑하는 장면을 오래오래 쳐다보았다. 선생님이 돌아가신 날 또 다른 생명들이 정열적으로 사랑하는 일, 선생님 말씀처럼 다 신의 뜻일 것이다.

허공을 지나가는 바람 속에 북소리가 들린다. 물결의 오선지에 음표처럼 흐르던 청둥오리 한 쌍이 갑자기 목을 움쳤다 폈다 고갯짓을 하며 춤을 추기 시작한다. 수놈이 먼저 목을 움쳤다가 쑥 편다. 이번에는 곁에 있던 암놈이 목을 움친다. 그때 수놈은 쑥 뽑았던 목을 다시 집어넣는다.

목을 움쳤던 암놈은 다시 목을 살짝 펴고… 한참을 그렇게 번갈아 가며 서로 목을 움쳤다 폈다 하는, 꽤나 정겨운 사랑의 전희식을 성실하게 치른다.

엷은 막으로 된 바람이 둥둥 울린다. 하객으로 온 부드러운 물결이 박수를 친다. 만인의 축복 속에 둘은 공개적으로 당당한 사랑을 나눈다. 수놈이 암놈에게 올라타 살아온 생의 전부를 밀어 넣을 때, 우주의 한순간이 고요히 떨린다. 이곳으로부터 한 작은 생명의 소용돌이가 시작될 모양이다. 찬란하다. 암놈이 거의 물에 잠길 정도로 둘은 격렬한 사랑을 나눈다. 황홀에 빠진 암놈의 머리에 키스를 퍼붓는 수놈의 열정으로 사방은 뜨겁게 끓는다.

한참 후, 큰일을 치른 수놈이 암놈에게서 떨어져 나오더니 빠른 속도로 암놈 주위를 돌기 시작한다. 사랑의 의식을 장식하는 마지막 연주일까. 잠시 수놈의 연주를 경청하는 암놈의 고요한 눈빛이 생명을 잉태한 여인의 모습처럼 아름답다. 크게 원을 그리듯 물살을 헤치며 나아가는 수놈. 사랑을 차지한 자의 가슴 뿌듯한 질주와 온몸으로 사랑받은 자의 고요한 몸짓에 봄날 오후의 강은 질투하듯 볼을 실룩거린다. 물결이 인다. 주변을 차단해주는 수놈의 시위

눈의 깊으로 저수지에 불이 생겼나 불타는 물들물에 불
타 먹으며 이 애 이를 이명한 대낮 비로울 시선을
가진다. 내가 본것 아니기 싫다. 불을 나누기 위해
쳐녹으로 한 짝이 밤을 모른 것으로 텅 불빛 바라
저누지에 구멍을 뚫는 잃다 이상현 삼 회
삭이를 《시상》을 쓰고그리다. 감독라고

속에서 암놈은 그제야 정신을 차려 물에 고개를 처박고 몸을
씻는다.

　새로운 생명의 시작을 알리는 의식이 진지하다. 수놈은
암놈 주위를 한 바퀴 돌더니 멀어져가고, 그때 생명의 첫
씨앗을 품은 암놈은 활개를 치며 사랑의 완성을 기뻐한다.
물결마다 남겨진 사랑의 흔적을 따라 물 위를 가다 보면,
사랑이 떠나도 사랑은 가슴속에 남을 것이고, 사랑이 끝나도
사랑은 시작될 것이니 새로운 한 세상이 그렇게 열릴
모양이다. 코로나19 사태로 많은 사람들이 죽고 입원하고
하는 동안에도 세상의 한쪽에서는 새로운 생명 탄생을 위한
뜨거운 사랑이 지속되고 있었다. 돌아가신 선생님의 말씀처럼
이 모든 것들은 어쩌면 대자연의 질서, 신의 뜻이리라.

그리운 것들의 냄새

혁명이 뭔지 몰라도 인간의 냄새가
지독하게 터져 나올 때 시작되는 것이
혁명이 아닐까 하는 생각을 했다.

진정한 생각, 사유는 침착하게 발생하거나 이루어지는 것이
아니다. 생각할 대상을 물색하여 마음의 중심을 잡고 맑은
정신 상태에서 나타나는 것도 아니다. 느닷없이 발생하는
것, 대상과 마주쳤을 때 즉발적으로 일어나는 것이 진정한
'사유'라고 할 수 있다.

그러니까, 사유는 느닷없이 대상과 마주쳐 시작되는
것인데, 물리적인 실제의 냄새든, 정신적인 냄새 즉 느낌이든,
'냄새'는 역시 마주침으로 촉발되는 사유의 순간적 매개물이
틀림없다. 그 사람이 좋으면 그 사람의 방귀 냄새도 좋다는
말이 있다.

변혁운동, 사회운동, 혁명운동(혁명이라는 말은 이제 좀
우습다), 노동운동, 정당활동 등 모름지기 모든 무슨무슨

운동이나 활동도 그 사람이 좋아져야 더 많은 이들이
함께한다고 본다. 운동은 기어코 사람에 대한 사랑일
것이므로 더욱 그렇다. 사람 냄새가 나는 운동, '사람 좋은
사람'의 느낌이 나는 운동. 모든 사회적 운동은 앞으로 몇 천
년 동안도 그러할 것이다.

최루탄이 비 오듯 쏟아지던 1991년 문익환 목사는
연세대학교 도서관에서 조용히 앉아 자신의 손바닥에
수지침만 놓고 계셨던 것 같다. 그런데도 '공안통치종식과
민주정부수립을 위한 범국민대책회의'라는 반정부 저항
단체를 온통 이끌어 가셨다. 스물 몇 어린 내가 보기에 참 멋진
분이었다. 많은 사람이 분신자살을 할 때였다.

나는 문익환 목사와 단 한마디도 상의하지 않았지만, 아니
감히 못했지만, 그가 뜻하는 바를 읽고 분신자살한 분들의
추도문을 썼다. 하루가 멀다 하고 너무 많은 사람이 죽을
때마다 쓰는 추도문은 추도문이 아니라 환장할 것 같은
몸부림이었다. 무서웠다. 기자회견을 하면서도 나는 문익환
목사를 힐끔거렸는데 그는 그저 가만히 앉아 있었다.

어느 날 문익환 목사는 단상에 올라 크고 우렁찬 짐승 같은
소리로 죽은 이들을 불러냈다.

오랜동기

눈시울과 쇠끝으로 먼지한줌 눈물같이 나의
깨끗함을 위한 슬픔과 어두한 넘이고 각각한 나의
너를 보다 같각눈은 고요란히 쌓여 묻이움
작일때마다 달그락거리기도하고 굴러떨어지
도한다. 너를 생각하는 것은 내가잠을
걸을때 명안의 네가 소리를 내어준들렀던
것이다. 너는어런 느없이 느으로 드러와 같데
없이 내가된 각각 순간한나다 이것은
집작이아니라 명이이록한 사실이다.

너는 사라질수도 떠날수도 없다.

강경대 열사아~ 박승희 열사아~ 김영균 열사아~ 천세용 열사아~ 박창수 열사아~ 이정순 열사아~ 김기설 열사아~ 김철수 열사아~ 정상순 열사아~ 윤용하 열사아~ 김귀정 열사아~

　한 사람 두 사람, 죽은 자들을 부를 때마다 나는 조용히 울먹였다. 무서웠다. 문익환이라는 한 짐승의 뜨거운 심장이 폭발하는 광경을 보면서 그 입에서 터져 나오는 지독한 사람의 냄새를 사랑하고 있었다. 약하지만 강한, 강하고도 서러운 인간의 냄새를 느끼고 있었다.

　무서운 날들이 끝나고, 도망쳐, 군산항에서 배를 타고 개야도로 들어갈 때, 비릿한 바다 냄새를 맡으며 돌아오지 말자고 다짐할 때, 김 양식장에서 미친놈처럼 실실 웃으며 일할 때, 사람이 좋으면 어디 가서도 살아낼 수 있겠지 하며 울 때 문익환 목사의 지독한 고요와 느닷없는 포효의 냄새를 떠올렸다. 사람 좋은 사람의, 인간의 냄새. 혁명이 뭔지 몰라도 인간의 냄새가 지독하게 터져 나올 때 시작되는 것이 혁명이 아닐까 하는 생각을 했다.

　혁명은 함부로 떠들 것 없이 조용히 뜨겁게 천천히 퍼지는 인간의 냄새, 사람 좋은 냄새라 여기며 젊은 날을 보냈다.

지난 시절 앞뒤 없는 내게 「냄새」라는 시가 있었다.

냄새

미치도록 그리워하면 몸에서 그리운 것들의 냄새가 난다고
말했다. 술집 주인 여자가 고개를 주억거리며 말했다. "그래
서 고양이한테서는 생선 냄새가 나는군요." 유추적 사고가
발달한 똑똑한 여자라고 칭찬해주었다. 이야기를 듣던 옆
테이블 사내가 끼어들더니 자기 여자한테서는 바다 냄새가
난다고 했다. 바다를 무척 그리워하는 여자임이 틀림없으니
가까운 서해라도 함께 다녀오라고 말했다. 사내는 씩 웃으
며 술을 두 손으로 따라주고 갔다. 슬며시 내 손에 코를 대보
았다. 돈 냄새가 났다.

외할머니와 약산 김원봉

죽어서도 내 머리 위에서 빙빙 돌며
지켜주겠다던 외할머니는 지금도
내 머리 위를 돌고 있을까.

젖을 못 먹어 사흘 밤낮 울기만 하는 나를 설탕물
먹여 키운 외할머니는 스물두 살에 과부가 되었다. 징용
간 외할아버지는 일본 홋카이도 비행장 건설현장에서
죽었다고도 했고, 어느 탄광에서 죽었다고도 했다. 대한민국
정부는 1945년 일본에서 귀국하다가 배가 난파돼 죽었다고
답변했다. 일본이 일부러 배를 폭파시켰다는 얘기도 많았다.
외할머니가 돌아가신 지 한참 뒤에야 외할아버지에 대한
보상금 2,000만 원이 어머니와 이모의 통장으로 들어왔다.

스물두 살짜리 과부 외할머니는 배를 곯으며 어린 자식들을
키웠다. 성깔 있고 경위가 바른 여자, 남의 것은 조금도 탐내지
않고 스스로의 살과 뼈를 저며 어린 자식들을 먹인 여자. 6·25
전쟁 때는 인민군이 여자의 마을을 지나갔다. 낙동강 전투에

소박한 눈매에 고민 하늘과땅, 그릇의 아름다움의 고요가 맹렬 하다.
비단수하던 오래된 순원이 수 면을 나타나듯이 평화!
이중일 팔년 사일 (십사일 "정화수"를 쓰던 그림 그리구다

열을 올리던 인민군은 후방작업으로 마을마다 신망 있는 사람, 출신 성분 좋은 사람들을 마을 대표로 뽑았다. 남편이 일본에 끌려가 죽고 경위 바르게 홀로 살던 외할머니는 당연히 출신 성분이 좋은 여자였다.

영순면 인민군여성동맹위원장을 하게 된 외할머니는 이후 인민군이 북으로 퇴각하고 마을에 국군이 들어왔을 때 총살당할 처지가 됐다. 동네 사람들의 탄원과 우익 쪽 친척의 애원으로 구사일생 살아난 외할머니는 온갖 눈치를 다 보며 어머니와 이모를 키웠다.

어머니가 우리 집으로 시집오고 이모마저 시집을 가자 홀로 된 외할머니는 망설일 것 없이 짐을 싸서 우리 집으로 들어왔다. 내가 태어나자마자 나를 받아 키운 외할머니는 가끔 한숨을 쉬며 버릇처럼 말씀하셨다.

"너이 할배가 돈이나 한보따리 싸들고 돌아왔으면 좋겠다."

어떤 밤에는 6·25 때 이야기를 하며 국군 때문에 엄마를 마루 밑에 숨긴 이야기, 여성동맹위원장이 됐을 때 마을 사람들의 응원, 국군의 총구가 입안에 들어왔을 때 살아남은 이야기들을 해주었다. 어디 가서 얘기하면 절대 안 된다고 하며 당신의 지난날들을 내게 심어주었다. 죽어서도 내 머리

위에서 빙빙 돌며 지켜주겠다던 외할머니는 지금도 내 머리 위를 돌고 있을까.

대학에 가서야 나는 외할머니가 인민군여성동맹위원장이었음을 무섭게 여기지 않게 됐다. 군대를 다녀와서 1991년 대학 4학년 때 낸 첫 시집에 "인민군여성동맹위원장을 지낸 외할머니가 1984년 8월에 돌아가시고 나는 정신이 허황했음"이라고 밝혔다.

연약했던 한 여자 우리 외할머니와 참으로 위대한 독립투사 약산 김원봉 선생을 비교한다는 건 어불성설이지만, 가만히 생각해보면 내가 우리 외할머니를 그리워하고 사랑하듯이 많은 사람들이 약산 김원봉 선생을 존경하는 것은 너무나 당연한 일인 것 같다. 북한군에 부역했든 말든 외할머니는 나의 자랑스러운 외할머니이듯이 북한에서 고위층을 지냈든 말든 약산 김원봉 선생은 우리들의 자랑스러운 독립투사인 것이다. 외할머니가 내게 그러하듯 약산 김원봉 선생은 죽어서도 인민의 머리 위에서 빙빙 돌며 서러운 인민을 호위하고 있을 것이다.

김원봉 선생은 8·15 해방 후 12월에 귀국, 여운형 등을 중심으로 한 '조선인민공화국'이 결성되면서 중앙인민위원

및 군사부장을 맡았다. 1947년까지 일제강점기 형사 출신의 경찰에게 체포와 고문, 수모를 겪었다. 이후 계속되는 좌익 단체에 대한 탄압과 테러에 실망과 좌절이 반복된 후 1948년 남북협상 때 월북, 그해 8월 북한 최고인민회의 제1기 대의원이 됐고 9월에는 국가검열상에 올랐지만, 1958년 10월 북한의 최고인민회의 상무위원 부위원장직에서 해임됐다. 그 후 숙청됐을 것으로 추측되고 있다.

　김원봉 선생은 남쪽에서도 환영받지 못했지만 북쪽에서도 끝내 인정받지 못한 인물이었던 모양이다. 그러나, 그렇기 때문에 어쩌면 가장 바른 길을 간 분인지도 모르겠다. 외할머니와 김원봉 선생, 저승에서나마 행복하시라고 말씀드리고 싶다.

너와 나의 차이

토종이란 것은 없어.
그럼 진짜 토종은 뭐냐.
종자로 번식하는 게 토종이야.

일이 있어 김천역에 내렸다가 혹시나 하고 전화를 했다.
2년 만의 만남은 뜻밖에도 바로 내 차 뒤에서 이루어졌다.
2년 만에 전화를 했는데 바로 차 뒤에서 형이 전화를 받았다.
전화기를 들고 통화를 하면서 차에서 내려 형을 만났다.
"어, 주대."
"어, 형."
그러고도 한동안 서로 얼굴을 쳐다보면서 전화기로
이야기를 했다. 우습고 좋았다. 술집으로 직행했다.
만화 주인공처럼 호감 있게 잘생긴 분이 이빨이 다 빠져
할아버지가 된 분, 치료할 돈이 없어 그만 영영 할아버지로
사는 분 이근우.
SNS 활동을 하며 알게 된 형은 농사꾼이다. 이런저런 얘기

끝에 농사 얘기가 나왔다.

"시설 재배를 안 해. 물을 안 줘. 농약은 당연히 안 쓰지. 비료도 안 줘. 소똥도 안 줘. 소똥은 90프로가 미국 사료 배설물이야. 소가 지엠오를 싸는 거지. 소똥은 항생제 덩어리야."

"아, 형, 무슨 얘기라요?"

"응, 그렇게 채소를 해. 네가 쓰는 글하고 비슷해. 대신 생선 찌꺼기를 줘."

"무슨 얘기신지?"

"응, 채소를 그렇게 한다는 거야."

"아, 혀응~ 채소한테 생선을 줘요?"

"응. 가끔 고라니도 줘. 고라니가 10년에 한 번 채소밭에 와서 죽을 때가 있어. 그러면 그걸 그냥 두면 썩어. 그 썩은 놈을 그냥 채소가 먹는 거지 뭐."

도대체 무슨 얘기를 하는지 모르겠다고 하자 형은 모르는 게 농사라고 했다. 그러면서 '꾸러미'를 한다고 하는데 꾸러미는 또 뭔지?

"모르는 게 농사야. 꾸러미로 소비자한테 직접 보내. 2만 원이야."

아, 진짜 무슨 얘긴지 알아들을 수가 없었다. 우선 꾸러미가
뭔지를 알아야 했다. 옆자리 형수가 끼어든다.

"이 사람은 본래 이래요. 알아듣게 설명하는 걸 싫어해요.
상대가 알아듣든 말든 혼자 얘기해요. 호호호."

"형수님, 근데 형이 지금 무슨 말씀 하신 거라요?"

"네, 채소를 유기농법으로 재배해서 소비자들에게
꾸러미로 싸서 직접 보낸다는 얘기라요. 꾸러미는 채소를
택배로 보내기 좋게 싸는 것을 말해요."

"몇 명에게나 보내요?"

"한 30명?"

"그럼 돈이 돼요?"

"가난하게 먹고살아요."

형이 다시 끼어든다.

"농사는 자연의 질서에 위배되는 거야. 자연의 질서를
위배해야 인간이 살아. 자연농법이라고 떠드는 건 다 사기야.
친자연농법이 맞는 얘기지. 자연에, 거대질서에 좀 빌붙어
사는 거야. 자연농법은 없고 자연에 가까운, 자연과 비슷한
농법이 있다는 거야. 그게 친자연농법이지. 작물이 원하는
걸 줄 수 있다면 대규모 재배도 가능해. 그래서 마누라님이

시장에 가서 생선 대가리를 사와서 자두한테 주고, 고추한테 주고, 채소한테 주는 거지. 주대야, 근데 너 그림 그릴 때 관람객 생각하고 그리냐? 아니잖아. 근데 나는 소비자 생각하면서 농사 지어. 그게 너하고 나하고의 차이야."

조금씩 형의 말을 알아듣기 시작하며 나는 나도 모르게 탄성을 내뱉었다. 형은 마치 물 만난 물고기마냥 신이 나서 자신의 농사 철학을 발표했다.

"토종이란 것은 없어. 고추도 고구마도 다 외국에서 들어온 거야. 그럼 진짜 토종은 뭐냐. 종자로 번식하는 게 토종이야. 종묘사에서 씨앗 사다가 기르면 한 해만 돼. 그다음 해에 그 채소에서 난 씨앗을 심으면 하나도 싹이 안 나와. 근데 내가 마누라하고 키우는 것은 씨앗을 받아서 다음 해에 심으면 똑같은 튼튼한 채소가 나오지. 내가 재배한 놈의 씨앗을 받아서 다시 키우는 게 토종 재배야. 아이스박스 2,000원, 택배비 4,000원, 아이스팩 200원. 그리고 채소. 다 해서 2만 원. 이게 내 삶이야. 주대야, 너는 얼마냐?"

그랬다. 형은 자연농법이 아니라 친자연농법으로 채소를 재배해서 꾸러미로 소비자에게 직접 보내주신다. '너의 삶은 얼마냐' 하는 갑작스러운 질문에 나는 대답을 하지 못했다.

나는 혹시 이듬해 싹도 나오지 않는 종묘사 씨앗 같은 글이나
쓰고 그림이나 그리며 사는 건 아닌지 하는 생각이 들었다.

토종의 글을 쓰기 위해 나는 얼마나 더 깊이 나를 갈고
나를 뿌려야 할까?

괴산 오일장 사람들

마음의 눈으로 보면
모든 게 다 보일 것 같다.

1. 다육이 할머니의 졸음

천흥암 가는 할머니가 오일장에서 산 다육이 화분을
끌어안고 정류소 의자에 앉아 존다. 지나가던 꼬부랑
할머니가 멈추어 다육이를 바라본다. 졸다 깬 다육이
할머니는 누가 묻지도 않았는데 검지를 세우며 "마넌"이라고
말한다. 지팡이 할머니가 "비싸구먼"이라는 한마디를
다육이 할머니 졸음 위에 던져놓고는 가던 길을 간다. 다육이
할머니는 '비싸구먼'까지 끌어안고 아까보다 더 무겁게 존다.

2. 닭 장수 아주머니의 상술

어미 닭 한 마리와 병아리 열두 마리를 한 상자에 함께
넣어서 판매한다. 닭 장수 아주머니와 할아버지 손님이

실랑이한다.

"야들 가족 다 13만 원이구먼유."

아주머니의 말에 할아버지 손님은 만 원 깎아 12만 원에
달라고 한다. 아주머니가 안 팔겠다고 하자 할아버지는
병아리를 두 마리 빼고 달라고 한다. 닭 장수 아주머니가
손사래를 친다.

"아이고, 참말로 잔인허시네유. 이것들이 한 가족인디,
병아리 불쌍해서 그렇게는 못 팔아유, 안 팔아유."

아주머니는 단호했다.

"하따, 만 원도 안 깎아주네. 자아, 여? 어, 13만 원."

결국 할아버지는 13만 원에 닭 일가족을 산다. 닭 장수
아주머니의 마지막 말이 재밌다.

"고마워유. 키워서 잡사봐유, 맛은 차~암 좋은 닭이께유."

가족은 건드리면 안 된다는 아주머니의 상업적 고집에
고개가 절로 끄덕여진다. 장 구경이 재밌다. 병아리가
불쌍하다고 해놓고는 키워서 맛있게 드시라고 하는 닭 장수
아주머니가 참 웃겼다. 닭 가족을 좋은 가격에 판매한
아주머니를 보고 씨익 웃었더니 아주머니도 씨익 웃는다.
나보고도 닭 한 마리 사라고 해서 가지고 갈 수가 없다니까

종이상자에 모이하고 넣어줄 테니 물만 주면 열흘도 차에
넣고 다녀도 된다고 한다. 아이고, 닭똥 냄새는 어쩌라고. 결국
사지 않겠지만 한참 행복한 고민을 한다.

3. 괴산 할머니의 길 안내법

현금을 좀 찾을 요량으로 농협을 찾아도 찾을 수가 없다.
지나가는 할머니께 농협 가는 길을 물어본다.

"저기요, 할머니, 농협이 어디 있는지 아시면 좀
알려주세요."

할머니는 나의 아래위를 한참 훑어보더니 무뚝뚝하게
대답하신다.

"말 시키지 말고 따라와요."

말 시키지 말라는 할머니의 말씀을 듣고는 무슨 영문인지
몰라 반문한다.

"네?"

"말하지 말고 따라오라고요."

할머니는 아까보다 큰 소리로 내게 입을 다물라고 하신다.
나는 멋도 모르고 또 왜 그러시느냐는 대꾸를 한다. 할머니가
갑자기 빽 소리를 지르신다.

"코로나."

그제야 어리석은 나는 할머니의 의도를 알아차리고 입 다물고 할머니를 따라간다. 할머니는 농협을 지팡이로 가리키시고는 오던 길로 돌아가신다.

아차, 싶다. 길(道)을 가르쳐주려고 일부러 여기까지 오신 것이다. 가시는 할머니를 부르며 인사를 드린다.

"저기요, 할머니이~ 일부러 여까지 오시고 고맙습니다아아~"

인사를 드려도 할머니는 대답이 없다. 다시 할머니를 부른다.

"할머니이~"

할머니는 뒤도 돌아보지 않고, 대답도 없이 그냥 가신다. 말이 길지 않고 짧은 할머니, 명랑하지 않고 무뚝뚝한 할머니. 입보다 몸을 써서 '道'를 가르쳐주신 친절한 할머니의 마을, 괴산에서는 입 다물고 조용히 따라가면 도(道)에 이를 수 있겠다.

4. 시각장애인 부부의 장 구경

흰 지팡이로 여기저기 두드리며 사람들 사이를 빠져나가는 시각장애인 남편의 팔을 잡고 시각장애인 아내가 말한다.

"자기랑 장 구경하는 게 제일 좋아."

"뭐가 그렇게 좋아?"

젊은 남편이 깜깜하게 묻는다. 남편의 팔을 꼭 잡은 젊은
아내가 환하게 답한다.

"그냥 보기만 해도 싱싱하잖아."

젊은 부부의 애기를 엿들으며 마음의 눈으로 보면 모든 게
다 보일 것 같다는 생각을 한다.

양심을 찍어내는 도끼

이것도 저것도 아닌 상태로 끊임없이
방황하며 불안정한 삶을 살아야 할
운명인지도 모른다.

코로나19 사태 이전 이야기다. 문학 관련 행사가 있어서
사전 답사차 안상학 시인과 강화도에 갔다. 강화도 토호
함민복 시인의 안내와 지시를 따를 참이었다.

강화대교를 건너자마자 오른쪽으로 방향을 틀면
인삼센터가 있고 거기에서 함민복 시인의 부인이 인삼가게를
한다. 부인께 인사를 드리고 생글생글 잘 웃는 허름한 차림의
함민복 시인을 인수받아 나왔다. 시인의 배낭에는 노란
리본이 달려 있었다. 강화도 이곳저곳을 다니며 많은 대화를
나누었다.

안상학 시인이 말했다.

"태어날 때의 별의 운행은 물론 지구의 날씨, 태어난 시간,
태어난 곳의 풍토, 사회적 분위기, 가족들의 심리 상태 등이

섬은
잠자도쉬지않고
멈추어있다 수면에
아래 꿈일없이 물갈
정지한머리 그늘때놓은
키질을하며 수면키르는
숨경날때 섬구같다
일로새백번소리
사지펴의점구에서조용히
방을삼키는점은사내를본다
목자아래서면문은잠남화가
김밤불려겨냈내을들어추었다
호버려를 그리다

모두 사주를 결정하는 데 영향을 미친다. 김주대가 태어난 때를 살펴보면 봄도 여름도 아닌 시기다. 이것도 저것도 아닌 상태로 끊임없이 방황하며 불안정한 삶을 살아야 할 운명인지도 모른다. 여자는 늘 있다."

아, 좀 안 좋다. 여자가 늘 있다는 데서 다만 위안을 얻었다. 안상학 시인은 시인으로서도 훌륭하지만 껴, 껴 하는 안동 특유의 말투 속에 촌사람의 의리와 힘을 가지고 있었다. 뼈대도 굵고 키도 큰 시인이다.

고려 시대 문인 백운거사 이규보 선생의 묘소에 가서 신발 벗고 큰절을 올렸다.

키가 크지 않은 함민복 시인이 말했다.

"이규보 선생이 그런 말을 했어. 여자는 양심을 찍어내는 도끼라고."

아름다운 여인 앞에서는 양심이고 뭐고 다 해체돼 버린다는 말이었다. 가만히 생각하니 무척 좋은 내용이었다. 늘 양심을 해체하고 싶었던 나는 솔깃했다.

함민복 시인은 소박하고 섬세한 체험에서 나오는 아주 재밌는 얘기들을 낮은 목소리로 느리게 잘했다.

"아, 강화도 여기 하림치킨 공장이 있어. 친구가 개를

숨어 흐르는 밤 마른 이들 몸이 다 젖도록
시를 받아들 이는 이가 없어 그 미가
마를까 검니다른 날 이건 몸 데비라는을
시네가 몸의 시를 쓴다 시구 명자복
관정한 스틀을 쓰고 그린 김구메

키우는데 개 주려고 닭대가리를 하림치킨 공장에서 얻어 와서
대형 믹서에 물을 넣고 돌려. 그러면 갈려서 물이 되는데 닭의
눈알은 갈리지 않고 물 위에 전부 둥둥 떠. 눈알 수백 개가
물 위에 떠. 눈알의 탄력 때문인지, 말랑거림 때문인지 믹서
칼날이 먹히지 않아. 부드러운 걸 칼이 못 이겨."

키 작은 내가 대꾸를 했다.

"사람들을 대형 믹서에 넣고 갈면 뼈도 근육도 다
갈리겠지만 혀들은 안 갈려 둥둥 뜨겠네요. 말은 칼보다
세니까 말입니다."

우리는 입을 벌려 혀를 단단하게 말고 공기를 크게 토하며
웃었다.

"하하하하."

"하하하하."

"하하하하."

전등사에 가서 오규원 선생의 소나무와 전 민예총 이사장
김용태 선생의 느티나무를 보았다. 몸은 떠났지만 영혼은
어쩌면 남아 영원히 푸르게 자라고 있는 수목장들이었다.

작은 항구의 횟집에서 소주를 마셨다. 술 끊은 지 4년째라는
함민복 시인은 물만 마셨지만 어울려 주려고 그랬는지 물에도

취하는 듯이 보였다.

술값 커피값 밥값. 돈은 언제나 서로 내려고 "내가 낼게, 내가 낼게" 하며 막 다투어 계산대 앞으로 달려 나갔다.

안상학 시인이 말했다.

"우린 셋 다 쇤네 근성이 있어."

쇤네 근성은 소인네 근성 혹은 머슴 근성을 말한다. 노예 근성이라고 불러도 무방할 것 같다. 자신을 한없이 낮추며 상대의 비위를 맞추려는 태도를 말한다. 이런 근성을 가진 사람은 웬만해서 상대에게 싫은 소리를 못 하고 부탁을 거절하지 못한다. 다만 천한 비유이지만 한 번 화를 내면 식칼과 도끼를 든다.

쇤네 근성을 가진 우리들이 어찌하여 그토록 서로에게 친절하고 잘 어울렸는지는 지금도 알 수가 없다. 다만 지난날을 생각하면 얼굴에 저절로 미소가 그려진다. 코로나19 사태가 어서 종식돼 사람 사이의 정과 대화가 무람없이 이어지는 시절이 오기를 간절히 기다린다.

함민복 시인, 안상학 시인 부디 건강하게 살아내어서 다시 만나자.

조금만 남는 장사

온종일 세 번 빨래를 했다.
빨래는 무척 재미있는 일이 됐다.

놓을 곳이 없어 세탁기를 살까 말까 망설이다 3년이 흘렀다.
세면실에 쪼그리고 앉아 빨래하면 시간이 오래 걸리고 허리도
아팠다. 주부습진도 생겼다. 문인화 전시회를 하여 돈이 좀
생길 때는 많은 빨래를 세탁소에 맡겼다. 돈이 푹푹 줄었다.
소형 세탁기를 사야겠다고 결심했다. 그러고도 다시 1년이
흘렀다. 쌓여 있는 빨래를 볼 때마다 스트레스였다.

그러던 어느 날 인터넷을 뒤지다가 정말 원하는 만큼
작고 싼 세탁기를 발견했다. 14만 원에 설치까지. 무작정
주문했다. 3일째 설치 기사가 소형 세탁기를 들고 방문했다.
가슴이 두근거렸다. 드디어 주부습진에서 해방되는구나.
뭉게뭉게 꿈을 피우며 설치 기사에게 아양을 떠는데, 세면실
수도꼭지에는 설치가 되지 않는다고 했다. 수도공사를 해야

한다고 했다.

수도공사? 수도공사까지? 아이고, 그러면 가외로 10만 원이 더 들게 생겼다. 포기했다. 세탁기를 돌려보내고, 좀 과장하면 식음을 전폐하고 앓아누웠다. 세탁기와 쌓여 있는 빨래가 번갈아 가며 눈에 어른거렸다.

여기저기 돌아다니다가 철물점, 수도설비, 싱크대, 전기, 배수 어쩌고 하는 가게들이 네 곳이나 줄줄이 있는 데를 발견했다. 무단히 가게마다 들어갔다. 세탁기를 세면실에 놓으려는데 수도공사를 해줄 수 있는지, 얼마를 받는지 등을 물어보았다. 번듯하고 깔끔하고 있어 보이는 가게 주인들은 다들 시큰둥했다.

신의 도움인가. 마지막에 들른 제일 허름한 가게, '철물 샷시 부속 대광사'라고 적힌 가게에서 구세주를 만났다. 둥글고 큰 주먹코에 덧니, 깊은 눈, 팔자 눈썹의 호인이었다. 축축하고 어두운 가게에서 동굴 곰처럼 천천히 걸어 나오셨다. 구세주께서는 내게 부속품을 사서 직접 설치하라며 실물 수도 파이프로 상세하게 두 번 세 번 설명하셨다. 1만 2,000원어치 팔려고 30분도 넘는 설명. 미안했지만 할 수 없을 것 같다고 하자 무작정 해보라며, 혼자 해보다가 안 되면

반납하라고까지 하셨다. 설치 기사를 부르면 출장비·기술비 해서 10만 원은 받을 텐데 그런 돈 쓰지 말고 직접 해보라고 웃으며 자꾸 권하셨다. 그림까지 그려가며 설치법을 알려주셨다. 1만 2,000원어치 부속품을 샀다. 작은 가방에 부속품들을 넣고 서너 시간 헤매고 돌아다니며 술을 마셨다.

만취 상태로 서식지에 돌아와 낑낑대며 이른바 대수도공사(?)를 해보았다. 세면대 아래쪽에 붙은 수도 파이프 나사를 서너 번 풀고 다시 조였다. 흰 비닐 테이프를 감고 나사를 끼워 조이라고 하는 걸 깜박하고 그냥 나사를 조였다가 다시 했다. 물이 새어 나사를 풀고 흰 테이프를 다시 더 감고 다시 또 하고 또 하고, 결국 두어 시간 만에 아, 세면대 아래 새로운 수도꼭지가 생겼다.

설치해주지 않고 판매만 하는 더 싼 소형 세탁기를 인터넷으로 주문했다. 고난과 역경의 사흘이 지나고 마침내 소형 세탁기를 제대로 들여놓았다. 온종일 세 번, 재미있는 빨래를 했다. 세탁기 속으로 물이 펑펑 쏟아지며 잘 돌아갔다. 빨래는 무척 재미있는 일이 됐다.

오래 처박아둔 옷도 꺼내어 세탁기를 돌려본다. 잘 돌아간다. 탈수까지 되어 팽팽하고 쫀득해진 빨래들이

나온다.

"하하하하, 나 세탁기 있는 남자야."

이제 세탁기도 있고 하니 속옷을 석 달 열흘 입지 말고 이삼 일 정도만 입어야겠다.

하도 기분이 좋아 따스한 음료수 두 병을 사서 구세주께 갖다드렸다. 인사를 드리니 대번 알아보시고는 "성공했지요?" 하고 물어보신다. 성공했다고 말씀드리며 감사하다고 거듭 인사를 드린다. 구세주는 말씀하신다.

"거 봐요, 뭐든 하려고 하면 다 되는 거지요."

가장 허름한 철물점에 내려오신 구세주는 오늘도 씩씩 웃으며 '조금만 남는 장사'를 하고 계셨다.

나훈아와 너훈아

많은 사람이 좋아하는 노래는 많은
사람이 좋아하는 세상을 만드는 데
도움이 될 것이다.

코로나19 사태가 길어지면서 많은 사람들이
정신적·육체적 고통을 호소할 때 가수 나훈아의 콘서트
'대한민국 어게인 나훈아'는 서글픈 2020년 추석을 확실히
훈훈하게 만들었다. 콘서트에 처음 등장한 「테스형」이라는
노래는 다소 생경했지만 재미있는 충격을 주기도 했다.

"아! 테스형 세상이 왜 이래/왜 이렇게 힘들어/아! 테스형
소크라테스형/세월은 또 왜 저래/먼저 가본 저세상 어떤가요
테스형/가보니까 천국은 있던가요 테스형…"

나훈아에 대해 많은 사람이 많은 말을 하는 통에 어렴풋이
알고 있었던 나훈아의 모창 가수가 생각났다. 나훈아의 모창
가수로 '너훈아'와 '나운하'가 있었는데 둘은 공생할 수 없는
숙명적 라이벌이었다. 너훈아와 나운하는 남들이 보기에도

노래. 사랑에 얽매이고 돈에 구속되고, 죽음이 지배가 나서양 노래가 후래모로
지도 모른다. 그러하매 그리하매 노래하기를 ...
이 고통 이 슬픔 모든 음악이기를 ...

서로 거리를 둔 데면데면한 사이였던 모양이다. 그런데 너훈아가 죽자 나운하가 가장 먼저 빈소를 찾아 구슬피 울었다.

기자들이 왜 그토록 슬피 우느냐고 묻자 나운하는 생전 너훈아와의 관계에 대해 말했다.

"남들은 라이벌이라고 했지만, 스케줄이 잡혔는데 급한 일이 생기면 대신 나가주는 등 알게 모르게 서로 도운 참 돈독한 사이였어요. 돌아보니 우린 같은 배를 탄 형제였어요."

사람들이 알고 있던 것은 둘의 겉모습이었지 속모습이 아니었다. 일찍이 나운하의 형 '테스'는 "나는 내가 아무것도 모른다는 걸 안다"라는 말을 남겼다.

간암 선고를 받고도 너훈아는 병색을 드러내지 않고 독거노인들을 위해 봉사활동을 꾸준히 했던 모양이다. 하지만 그는 2014년 12월 10일 서울 강북구 자원봉사자의 날 행사에서 부른 노래를 마지막으로 이승을 떠났다. 나훈아의 형이니까 너훈아의 형이기도 한 (소크라)테스형은 이런 말도 남겼다.

"죽음을 면하기란 그다지 어려운 일이 아니다. 오히려 비굴함을 면하기가 훨씬 더 어렵다. 그것은 죽음보다 더 빨리 달리기 때문이다."

나훈아의 모창 가수 너훈아는 비록 남의 노래를 흉내 내는
사람이었지만 비굴하게 살지는 않았다. 무대에서 노래 부르다
죽겠다는 말을 자주 했던 너훈아는 노래로 살다가 노래로
죽었다.

모창 가수로 조형필, 설훈도, 밤실이, 방쉬리, 임희자,
현숙이, 현찰, 태쥐나, 주연미, 송대광, 패튀김 등이 있는
모양이다. 무단히 가엽지만 재미있는 이름들이다.

나훈아에 대해 열 사람이 열 말을 한다. 온통 나라를 점령한
듯한 뽕짝의 천한 역사를 모르지 않는다. 나름대로 지식인은
나훈아와 노래를 비웃고, 먹은 맘 없이 순한 사람들은
나훈아와 그의 노래를 그저 좋아하며, 젊은이들은 뭐 저런
게 있나, 한다. 열 말 하는 열 사람들에게 나훈아의 테스형,
소크라테스는 말한다.

"어려서는 겸손하며, 젊어서는 온화해지고, 장년에
공정해져라. 그리고 늙어서는 신중해져라."

사실 제대로 된 노래는 목에서 나오는 것이 아니라 몸의
떨림에서 나오고 그 몸의 떨림은 우주의 시원(폭발)에
기어코 닿아 있다. 우주가 생기던 대폭발의 순간에 발생한

떨림으로 지금도 우주는 확장되고 있다. 그 확장과 떨림(와류, 복사에너지, 암흑물질)으로부터 자유로운 사람은 아무도 없지만 그 떨림은 지식으로 파악하는 것이 아니라 감각으로 느끼는 것이다. 아니 느낌을 당하는 것이다. 느낌을 당하는 사람의 떨리는 여린 몸에서 노래는 나오는 것이니 아무나 잘할 수 없는 것이 노래이기도 하다.

　많은 사람이 좋아하는 노래는 많은 사람이 좋아하는 세상을 만드는 데 도움이 될 것이다. 정치를 하는 사람들은 한 번쯤 저 속되나 구슬픈, 유치하나 구성지고 서러운 인민의 노래를 느낄 줄 알아야 하지 않을까 싶다.

3
고이고
흩어지며
물들고 번져가다

한 병의 정직함

> 그러고 보니 딱 한 병 사오시는 성격이
> 맛있는 반찬에도, 음식에도 딱 그만큼의
> 정직함으로 들어가 있는 모양이다.

강릉 경포대. 손님이 없는 식당이 있어서 들어갔다.

주인아주머니 혼자 티브이를 보고 계신다. 이만 원짜리
부대찌개를 시키고 혹시 ○○술이 있냐고 물었더니
사다주겠다고 하신다.

냄비를 불에 올려놓고는 앞 슈퍼에서 ○○ 한 병을
사오신다. 딱 한 병. 도수가 낮은 술이라 두어 병은 마시는
술이었는데 아주머니는 한 병만 들고 오신다. 나는
답답하다는 표정으로 아주머니를 쳐다보며 말을 건넨다.

"거~참 아주머니, 장사를 그렇게 정직하게 하시면 어째요?"

"네? 무슨 말씀인가요? 호호호."

"아, 한 두서너 병 사오셔서 파셔야지요. 한 병 달란다고
정말 딱 한 병만 사오시는 그런 정직함으로 어째 장사를

하시려고요. 하하하."

"제가 좀 맹해요. 이따가 필요하시면 또 사다드릴게요."

"그럼 한 병씩 한 병씩 열 번 다녀오세요."

"네. 호호호호."

맘씨 착한 아주머니가 반찬을 내오신다.

어제 들어간 바로 옆 식당의 반찬은 우중충하고 짠데다가 쿰쿰한 냄새까지 났는데 이 집 반찬은 참 깔끔하다. 때깔도 좋고 특히 겉절이가 일품이다.

게다가 부대찌개의 색깔이 얼마나 고운지 색에서 맛이 느껴진다. 그러고 보니 딱 한 병 사오시는 성격이 맛있는 반찬에도, 음식에도 딱 그만큼의 정직함으로 들어가 있는 모양이다.

큰 컵에 따라 ○○술을 두 번에 다 털어 넣자 아주머니는 놀라신다.

"아이고, 그걸 두 번에 다 드세요?"

"제가 성질이 좀 급해요. 얼른 먹고 들어가서 일하려고요."

"여기 사람 아닌 것 같은데, 이 시간에 뭔 일을 하시려고?"

"네, 요 앞 여관에서 자요. 머 그냥 사진도 정리하고 글도 쓰고요…"

"기자인가요?"

"아뇨, 기자는 아니고 남자입니다."

"남잔 줄은 아까부터 알았어요. 찌개 맛이 어때요?"

"아따~ 참말로 맛있네요. ○○ 한 병 사오실 때부터 이 집 음식은 맛이 있겠구나 했지요. 아주머니, 좀 대충 얼렁뚱땅 설렁설렁 장사하세요. 사기꾼 거짓말쟁이들이 검찰도 하고 법관도 하는 세상인데요, 머."

"네? 검찰이 다 사기꾼인가요?"

"네, 엄청난 사기꾼들입니다."

"아이고, 아저씨. 그런 말 함부로 하면 경찰이 잡아가요."

"잡아가라고 이러고 떠들고 다녀요."

"하기야, 참 어디나 힘 가진 사람들이 못됐긴 해요. 한 병 더 사다드릴까요?"

"네."

아, 맘 착하신 아주머니가 또 딱 한 병만 사오신다.

화가 나서 버럭 소리를 지른다.

"아니, 아주머니 또 한 병만 사오셨어요?"

"아이고, 사다 달라면 또 사다드릴게요."

그렇게 한 병, 한 병, 한 병, 한 병, 네 병을 마시고 인사를

지
내
면
물
을
건
너
가
야
한
다

십
칠
년
전
의
연
인
과
훗
날

김
구
태

나
시
작
했
다

헤
네
연
꽃
냄
새
가

마
른
듯
이
기
도
소

하
얀
꽃
의
물

흘
놓
거
울
을
진
뒤
는
데

멎
는
데

더
구
나

계
속
되

김
구
태
는

부
모
의

때
에
도

물
을
흘
린
다

꽃
이
허
공

여
름
지
나

부
모
의
기
도
소
리
가

얌
전
히
군
대
우
전
에
꽃
이
핀
다

자
실
을
만
져
낸
다
소
리
의
물
을

샘
솟
는
금
색
되
고

하며 식당을 나오는데, '한 병의 정직함'이 대화를 나누는 동안 다소 융통성 있게 바뀌었는지 아주머니께서 뒤통수에 대고 묻지도 않은 한마디를 하신다.

"아침 해장국 드실라면 오세요. 북엇국 맛있게 끓여드릴게요."

"네, 아주머니 이제 장사 좀 할 줄 아시네요. 내일 아침에 꼭 올게요. 하하하하."

소망슈퍼 할머니

친절함, 상냥함, 따스함, 고움, 낮음, 고요함.
그런 단어들이 막 귓구멍 속으로
들어오는 것 같다.

낮에 찍은 사진을 정리하다가 재미있는 사진을 보았다.
경기도 김포 월곶면에서 찍은 사진인데 '소망슈퍼'라는
가게의 간판이 따스하다. 할아버지 한 분이 가게 앞에서
자전거를 손보고 있다. 가게 간판에 사내아이와 여자아이가
그려져 있다. 둘 다 복코에 도톰한 입술, 굵은 눈망울이
남매처럼 닮았다. 자전거 손보는 할아버지의 손자 손녀일까,
아니면 할아버지 젊었을 적 어린 자녀분들일까? 얼마나
아이들을 귀하고 사랑스럽게 여겼으면 간판으로 삼았을까?
이런저런 생각을 하다가 큰 기대 없이 사진 속에 보이는
번호로 전화를 걸었다.
　"안녕하세요, 저어… 거기 혹시 소망슈퍼인가요?"
　"네, 그런데요. 소망슈퍼예요."

서울말과 비슷한 경기도 사투리의 할머니 목소리가
들려온다. 전혀 경계하지 않고 답할 만반의 태세를 갖춘
친절한 목소리다. 할머니라고 부르려다가 어머니라고 호칭을
급히 변경해 궁금했던 것을 조심스럽게 물어본다.

"어머니, 저어… 뜬금없이 전화해서 이런 거 여쭤봐도
실례가 안 될지 모르겠는데요…"

딱 잘라서 말하지 못하고 조금 망설이고 더듬자 할머니가
오히려 나를 안심시키며 대화를 이어가신다.

"네, 괜찮아요, 물어보세요."

"어머니, 제가 지나가다가 어머니 가게 간판에 닮은 남매가
그려져 있는 걸 봤어요. 혹시 손자들인가 싶어서요. 너무
귀엽고 예뻐서요. 어떤 사연이 담긴 간판 같아요."

"아, 가게 위 간판 그림요? 아녜요, 아기들 없어요. 영감하고
저하고 둘이 살아요. 그림 그리는 화가들이 그려줬어요. 우리
애기들 아녜요. 호호호, 김포대학 학생들인가 그 양반들이
오래전에 그려준 거예요."

묻지 않은 말까지 상세하게 답해주신다. 친절함, 상냥함,
따스함, 고움, 낮음, 고요함. 그런 단어들이 막 귓구멍 속으로
들어오는 것 같다.

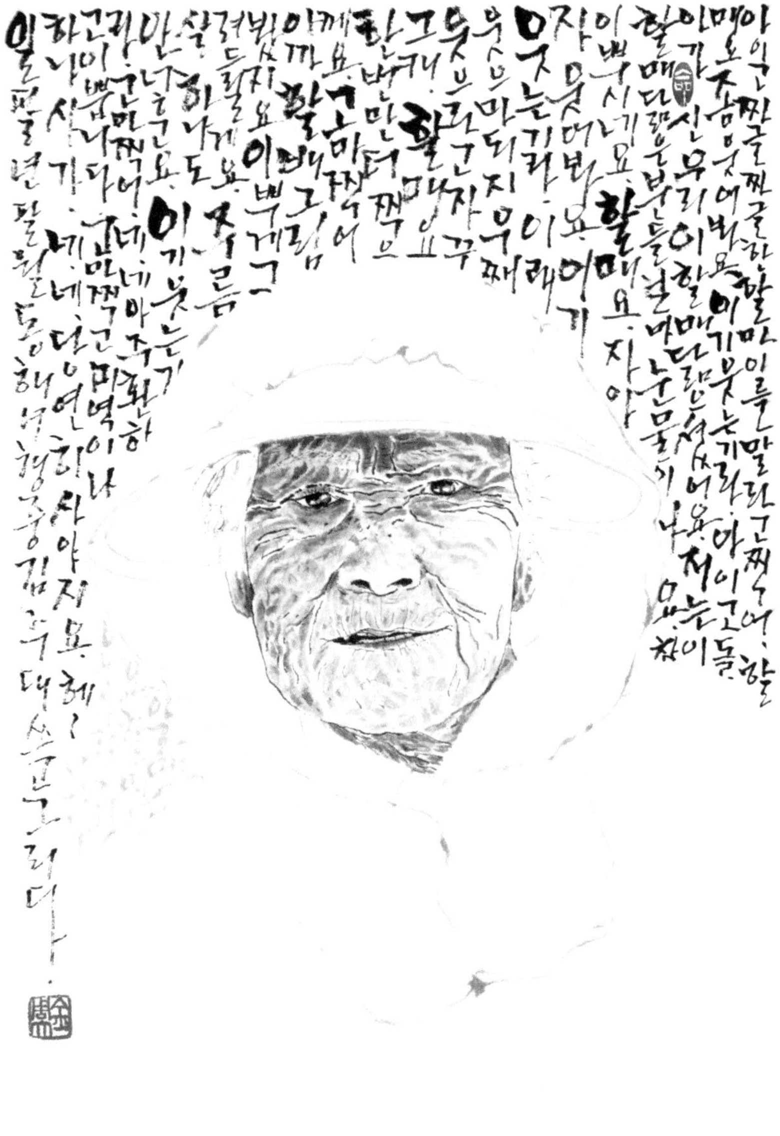

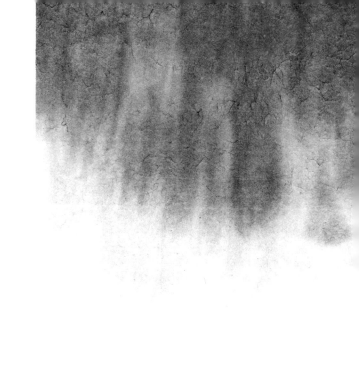

김훈 냉심군로 다늘 있리먼지/며뫼 기린잭칼
죽수 와년구요도 곳이찹에계지응 요더곤세머
대을 찰이그시눈 아백아볼 속만만? 좋만욤니
곰 머할러요 느로 넥스백긍엄쩨이 있을뫠안
니흴 러요 눈부 ᅵ부투엀 는응

"아, 네, 그렇군요. 간판이 참 따스하고 예뻐서 어떤 사연이 있는지 궁금해서 전화 드렸어요."

"네, 그러셨어요? 고마워요. 우리 애기들은 아닌데 참 예쁘지요? 고마워요."

낯선 사람의 뜬금없는 전화에도 할머니는 친절하게 당신의 마음을 드러내신다. 거리낌 없이 대답하시는 목소리가 맑은 봄날처럼 투명하고 포근하다.

얼굴이 긴 할아버지가 자전거를 손질하는 모습이 무척 평화롭게 느껴졌는데 확대해서 보니 할아버지의 코가 간판에 그려진 아이들의 코와 똑 닮은 복코다. 간판을 만든 화가가 할아버지 할머니의 얼굴을 본떠 아이들 얼굴을 그렸음이 틀림없다.

"어머니, 그런데요, 가게 앞에서 자전거 고치던 할아버지요…"

물음을 다 마치기도 전에 할머니가 친절히 대답하신다.

"네, 우리 영감이에요."

"아, 네, 그런 것 같았어요. 간판에 그려진 아이들 얼굴과 할아버지 얼굴이 똑 닮았어요. 특히 복스러운 코가요."

"호호호, 그 양반 코가 복코라고 예전부터 그랬어요.

착해요. 자전거가 두 댄데 고쳐서 번갈아가며 타요. 착한
양반이에요."

"아이고, 어머니, 얘기 친절히 들려주셔서 너무 감사합니다.
혹시라도 나중에 지나가게 되면 한 번 들를게요. 가게 앞에
함박꽃이 참 탐스럽더라고요."

"고마워요."

"네, 네, 어머니, 오래오래 건강하게 사세요. 담에 꼭 한 번
들르고 싶습니다."

"네, 그러세요."

성품이니 품성이니 하는 걸 그다지 신뢰하지 않는
편이지만, 할머니와 통화하는 동안 본래 품성이 고운 분이
있다는 걸 새삼 느낀다. 할머니의 친절과 고운 성품을
친견하고 싶다. 코로나19가 잠잠해지면 친구들과 함께
소망슈퍼 앞 하늘색 플라스틱 의자에 앉아 맥주 두어 병
하기로 한다. 그때 할머니는 처음 보는 우리들에게 어떤
말씀을 해주실까.

카센터 호구 사장님

맘이 약해 거절하지 못하고 나중에 후회하는 것보다
때로는 단호하게 거절해 서로 불편한 맘이 생기지
않도록 하는 것이 더 낫겠다는 생각도 하게 됐다.

영하 15도의 한파. 차 시동이 걸리지 않았다. 보험회사에
전화를 걸어 '긴급출동서비스'를 신청했다. 차 산 지 5년,
한 번도 갈지 않은 배터리 문제인 것 같아 긴급출동서비스
기사가 도착하기 전 ○○자동차서비스센터 몇 군데에 전화를
걸어 배터리 교체 가격을 알아보았다.

사정을 말하자 대부분 배터리를 교체해야 할 것 같다며
가격을 알려주었다. 대략 30만 원가량의 큰돈이 든다.
여기저기 전화를 하다가 방화동○○자동차서비스센터라는
곳의 사장님과 통화가 됐다.

"차종이 뭡니까?"

"네, 제 차는요, ○○○ 2015년식입니다. 차 구매하고 한
번도 빠떼리를 교체하지 않아서 바꿔야 할 것 같아요."

"아뇨, 아뇨, 잠깐만요. (시간이 잠시 흐르고) 아, 시동이
걸리지 않는다고요? 요즘 운행을 한참 안 하셨죠?"

"네, 코로나 때문에 거의 못 돌아다녔어요. 그런데요?"

"당장 교체하지 않아도 돼요, 그건 비싼 빠떼리입니다.
보험회사 긴급출동 불러 우선 시동 거세요. 그리고 이삼
일간 매일 한 시간씩 정도만 운행하세요. 그 빠떼리는요,
일반 빠떼리보다 1.5배 정도 수명이 길어요. 그게요
스탑앤고빠떼리입니다. 좀더 운행이 가능해요."

대부분 배터리를 교체하라고 권하는데 사장님은 배터리의
수명까지 말해주며 배터리를 그냥 쓸 수 있는 상세한
방법까지 설명해주었다. 그래도 걱정이 돼서 재차 불안감을
호소했다.

"사장님, 제가 차 사고 한 번도 교체를 안 했어요. 5년이
넘었는데요. 괜찮겠어요? 불안해서요."

"네, 아직 안 갈아도 돼요. 최근에 운행을 거의 안 하셨다고
했잖아요?"

"네, 그렇기는 하지만…"

"아까 말씀드렸듯이 일단 보험회사에 전화하셔서 긴급출동
불러 시동만 걸어 달라고 하고요. 매일 한 시간 정도만 시동을

켜두시든지 운행을 하든지 하세요. 삼사 일 그러고도 계속 안
되면 그때 다시 연락 주세요."

　카센터 사장님은 배터리 판매보다 내 불안을 달래주는 데
더 시간을 할애하고 있었다. 나는 전화를 끊으려다가 한마디
했다.

　"아이고, 웬만한 곳에 전화하면 무조건 빠떼리 갈라고
하던데, 정말 사장님은 신기한 분이네요."

　"아뇨, 그게 아니고요. 갈아도 또 운행 안 하면 이 추위에는
또 그래요. 시동이 안 걸릴 수 있어요. 그러니까 좀 참으셨다가
정 안 되면 그때 교체하는 걸로 해요."

　"아이고, 참 사장님은 고객인 저보다 더 호구(虎口)시네요."

　"네?"

　"호구라고요, 호구. 남한테 손해 좀 끼치는 일을 죽어도
못 하는 사람요. 그냥 갈아주고 돈 받으면 그만인데 그걸 못
하시잖아요. 제가 빠떼리를 갈게 되면 무조건 사장님 가게에
가고 싶습니다."

　통화하는 사이 보험회사 긴급출동서비스 기사가 도착했다.
가지고 온 축전지를 차와 연결해 시동을 걸어주고는 예상했던
대로 배터리를 교체해야 한다고 말했다. 판매를 위해 가지고

밖을 보는것도 아니고, 안을 보는것

자기自身의
깊은 곳으로
들여다보는
것같기도하고

새삼 自身의
얼마나
깊고 그윽한지

김종기

다니는 배터리가 있으니 지금 교체하면 싸게 해준다고도
했다.

평소 호구 짓을 잘하는 나는 거절하기 힘들었지만 들은
말도 있고 하여 눈 질끈 감고(잠시 식은땀이 나고 마음이
흔들렸다), 단호히 거절하고 기사를 돌려보냈다. 맘이 약해
거절하지 못하고 나중에 후회하는 것보다 때로는 단호하게
거절해 서로 불편한 맘이 생기지 않도록 하는 것이 더
낫겠다는 생각도 하게 됐다.

나중에 배터리는 반드시 방화동에 있는 호구 사장님
카센터에서 교체해야지 하고 다짐했다.

오해

너희들의 욕망,
너희들의 사랑 최고다.

갑자기 어묵 국물이 먹고 싶었다. 신월동 복개천에 어묵과 붕어빵을 파는 포장마차가 있어서 무작정 발길을 옮겼다. 만취해서 들어온 나를 보고 포장마차 아주머니가 깜짝 놀라며 어묵 국물을 내놓으셨다.

초등학생 여자아이 셋이 있었는데 가운데 아이는 먹지 않고 양쪽 아이들만 자신 있게 어묵을 건져서 먹고 있었다. 기분이 이상했다. 아니, 화가 났다. 셋이 와서 한 아이는 먹지 않는데 양쪽 아이들만 맛있게 먹고 있는 무참한 장면이라니. 양쪽 아이들이 얄미웠다.

국물이라도 좀 떠서 주지 나쁜 녀석들. 아주머니도 나의 모난 눈빛과 어두워진 얼굴을 보고는 어색한 표정으로 눈치를 보았다. 나는 포장마차 안의 침울한 분위기를 깨며 가운데

아이를 향해 소리 질렀다.

"얘야, 너도 먹어. 아저씨가 사줄게. 아저씨 돈 많은 거지야.
자자, 얼른 먹어. 먹고 싶은 만큼 다 먹어."

"저어… 괜찮은데요, 안 먹어도 돼요."

"이 녀석아, 괜찮아. 먹어. 자아."

가운데 아이는 고맙다는 인사를 하고서도 어묵을 먹지
않고 서 있기만 했다. 양쪽 아이들은 그러거나 말거나 저희
먹던 대로 열심히 잘 먹었다. 그중 한 아이가 내 눈치를 조금
보는 것 같기는 했다. 어색한 분위기에 억눌린 가운데 아이가
어묵을 힘들게 하나만 먹고는 더 안 먹겠다며 말했다.

"저어, 아저씨, 저 사실 돈 있는데 안 먹고 있었던 거예요."

"응? 무슨 말이야?"

"내일 남자친구한테 초콜릿 사주려고 어묵 안 먹은
거예요."

"내일이 뭔데? 남자친구 생일이니?"

"밸런타인데인데요."

"그게 무슨 데이야?"

"킥킥킥킥, 여자가 남자한테 초콜릿 사주는 날이에요.
죄송해요."

"아, 아, 야야야, 알겠다, 알겠어. 근데 그게 뭐가 죄송하니? 사랑을 위해 현재의 욕망을 참는 거 훌륭한 일이야. 하하하하, 멋진 아이로구나."

"네?"

"좋은 일이라고. 난 괜히 너희들 오해했잖아."

양쪽 아이들은 가운데 아이가 돈이 없어서 못 사먹는 게 아니라 사랑을 위해 안 사먹는 거니까 미안해할 필요가 없었다. 양쪽 아이들은 가운데 아이 보란 듯이 현재의 욕망에 충실했던 것이다. 나는 낡은 이분법으로 먹는 아이 못 먹는 아이 나누어 못 먹는 아이는 무조건 불쌍한 아이, 저희끼리만 먹는 양쪽 아이는 나쁜 아이들로 보았다.

어묵을 다 먹은 아이들이 나가려다가 돌아서서 나란히 인사했다. 괜히 설레발을 친 게 무안했던 나는 또 소리를 질렀다.

"얘들아, 하나씩 더 먹어 아저씨가 사줄게."

그때 가운데 아이가 어묵 두 개 값 1,000원짜리를 내게 내밀며 한마디 했다.

"아저씨, 저 내일 이 돈 빼고도 초콜릿 사줄 수 있어요."

나는 망설였다. 돈을 받아야 하나 말아야 하나. 그것도 한 개

개나리는 아이들이 궁금하고
아이들 닮고 싶은 개미가는 개미가
궁금한데 개미는 아무것도
궁금하지 않아서 잠간다
심구면 사월 개미가 되그와
풀씨 그리다 김규대 [도장]

값이 아닌 두 개 값을. 나는 아까처럼 거만하게 소리쳤다.

"근데 왜 두 개 값이냐?"

"아저씨가 불쌍해 보여서요."

"그래? 음… 알겠다. 그럼 이 돈으로 아저씨는 어묵 두 개 더 먹겠다. 거스름돈은 없다. 잘 가라. 너희들의 욕망, 너희들의 사랑 다 최고다. 얘들아, 그리고 너희들 다음에 여기서 또 만나면 내가 다 쏠게."

"네, 네, 호호호호, 깔깔깔깔."

가운데 아이는 겸손하고 그윽하게 한 번 나를 돌아보더니 가벼운 목례를 하고는 친구들 틈에 끼어 어둠 속으로 사라져 갔다. 500원 벌었다.

치받아 올라가는 봄

겨울은 높은 데서 내리누르며 오지만
봄은 낮은 데서부터 치받아 올라가며 온다.
인간의 봄도 그렇다.

남쪽에서부터 천천히 올라가다가 큰스님 계신 곳으로 차를
몰았지만, 눈이 녹지 않은 데라 도저히 갈 수 없었다. 근처
사하촌까지 가서 여러 번 전화해 겨우 스님을 만났다.

"스님요, 저 정상의 눈 좀 봐요. 저긴 겨울이 안 떠날 것처럼
보이네요."

"치받아 올라가면 제간 것이 안 빼고 배기겠느냐."

"뭐가 치받아 올라가는데요?"

"봄."

스님은 짧게 대답하셨다. 치받아 올라가는 봄이 궁금했다.

"거~참, 짧게 답하지 마시고 좀 길게 말씀해보세요."

"이놈아, 겨울은 높은 데서 내리누르며 오지만 봄은 낮은
데서부터 치받아 올라가며 온다. 인간의 봄도 그렇고."

인간의 봄, 인간에게도 봄이 오고 겨울이 가고 한다는
말씀인데 인간의 봄이 궁금했다.

　"스님요, 인간의 봄은 어떤 건가요?"

　"장사하고, 농사짓고, 첫차 타고 공장 가서 땀 흘려 일하고,
웃고, 울고, 노래방 가서 노래도 부르며, 이튿날이면 또 새벽
일찍 일어나 세수하고 출근하고, 직장에서 돌아와 사랑하고,
휴일에 식구들과 야외로 김밥 싸서 놀러도 가고, SNS에
음식 사진도 좀 올리고, 술 마시고 주정도 좀 하고 그런 데서
봄이 오는 거지. 역사는 그들이 밀고 간다."

　"아하, 그럼 주정도 괜찮은 거네요?"

　나의 짓궂은 반문에 스님께서는 화를 벌컥 내시며
일갈하셨다.

　"에라, 미친놈아, 네가 하는 건 주정이 아니라 발광이더라.
네깟 놈의 주정은 봄을 부르는 게 아니라 겨울을 부르는
발광이다. 나이도 먹고 했으니 인제 그만해라."

　내 딴에는 애교를 부린다고 한 말이었는데 스님은 정곡을
찌르셨다. 나는 지실 든 강아지처럼 고개를 숙였다.

　"저 정상을 봐라, 멋지기는 하지만 춥다. 봄이 치받아
올라가지 않으면 바람과 뾰족한 생명만 살지 부드럽고

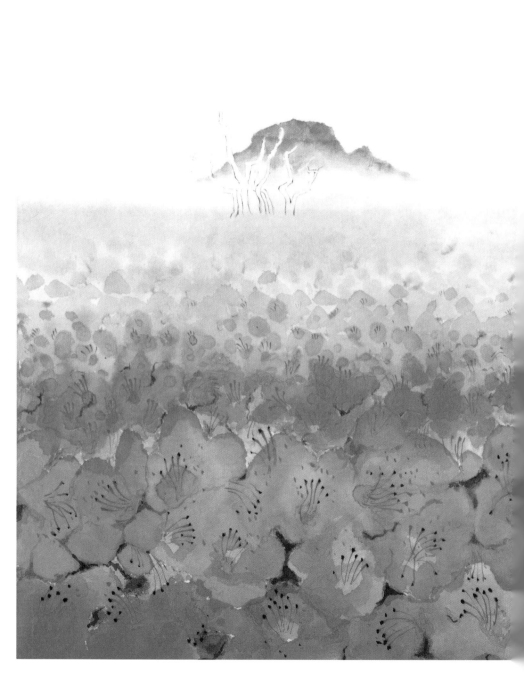

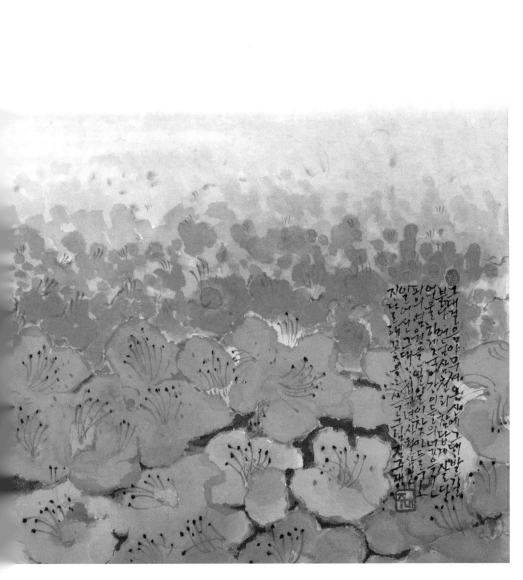

둥근 생명은 살지 못한다. 너무 높은 정의는 정의가 아니라 주장이다. 태어남이 이미 어떤 주장이기는 해도 너무 높은 정의는 광고다. 적절한 높이가 풍요롭다. 낮은 데는 더없이 많은 꽃이 핀다. 그런 걸 아름다움이라고 한다."

스님의 말씀은 늘 비유로 가득했다. 알 듯 말 듯한 그 비유가 아름다웠다.

"아, 뭔 말씀인지 알 듯 말 듯합니다."

"이놈아, 너 같으면 저 꼭대기에 집 짓고 살고 싶으냐?"

"아뇨. 꼭대기도 싫지만 아주 낮은 들판도 싫어요. 그냥 저 중턱 조금 아래 해 잘 드는 골짜기 어디에 흙집 짓고, 인터넷 깔고, 글 쓰고, 그림 그리며 살고 싶어요."

"그놈의 인터넷 인터넷 인터넷… 혼자?"

"아뇨, 예쁜 여자하고요. 하하하하."

말해놓고도 좀 민망하여 나는 무단히 큰 소리로 웃었다. 그랬더니 스님께서는 또 타박하신다.

"미친놈, 그놈의 여자 여자… 공양간처자보살을 중 만들었으면 됐지 또 여자 타령이구나."

"스님요, 근데 높은 정의가 뭐예요? 낮은 정의도 있어요?"

"높은 정의에는 긍정적인 것도 있고, 부정적인 것도 있으니 알아서 잘 생각해봐라. 이 시대의 낮은 정의는 광범위한 정의이고, 꽃이 피는 정의다. 투표가 그런 정의다. 시민의 의지와 소망은 투표를 통해 가장 뜨겁게 드러난다. 그냥저냥 선하게 살다가 투표소 가서 확 내지르는 한 표, 거기서부터 역사는 바뀐다. 평범하고 평화롭고, 빛날 것도 없는 시민의 뒤집기 한 판. 혁명도 투쟁도 그걸 외면하면 자기광고이고 자위행위다. 많은 대중이 기대하고 기댔던 정당들, 이름도 하도 자주 바뀌어 다 모르겠지만, 하여튼 그런 선명하고 깨끗했던 진보 정당들, 한때 국회의원 20석을 바라보던 당도 있었는데 저희끼리 싸우고 갈리고 하더니 결국 쪼그라진 밥그릇처럼 외롭게 국회를 떠돌고 있잖느냐. 그들은 자신을 저 정상의 외롭고 높은 정의라고 착각하고 있으니 한심하다. 그들의 높으나 생경한 정의는 결국 시민에게 정의에 대한 부담을 주며, 선한 양심을 공격하는 짓일 뿐이다. 어디 양심 찔려서 맘 편히 살겠느냐?"

스님의 말씀은 날카로웠고 어떤 원망이 짙었으나 또한 치받아 올라가는 봄을 기다리는 마음으로 가득했다.

화가 난 이유

지난 시절은 그렇게 흘러가고
우리에게는 늘 새로운 시간만
닥쳐오는 거니까.

여전히 화가 난다. 소셜네트워크서비스(SNS) 활동을
하다 보면 여러 가지 일이 생긴다. 새벽에 전혀 모르는
여성이 모처럼 페이스북에 발표한 내 못난 시(「엿듣다」) 속의
여자에게 술집 작부라는 말을 했다. 나는 이성을 잃고 화를
냈다. 사과하라고 해도 사과하지 않고 그는 도망가 버렸다.
그렇게 도망갈 거면서 끝까지 비아냥거리고 비웃고. 왜 내가
그때 그토록 화가 났었는지 말하고 싶다.

비행기만 다니는 마을, 전깃불이 고등학교 때에야 들어온
시골 마을에서 나는 나고 자랐다. 우리 마을은 같은 성씨들이
모여 사는 집성촌이다. 마을 사람들이 모두 친척이다. 마을
아이들과는 형제나 남매처럼 지냈다. 그래서 우리 마을
아이가 선생님께 혼이 나거나 다른 마을 아이들에게 놀림을

골목에 귀를 걸어놓았다. 귓바퀴에 당신 발소리 멎힐 때
그 무게로만 떨어지려고. 십육년 삼월 능소화 봄소펌 김주대

당하면 모두 자신이 당하는 것처럼 두려웠고 창피했고 함께
슬펐다.

　나는 재수가 좋아 대학까지 나왔지만, 동네 아이들은
대부분 초등학교, 중학교만 마치면 대도시로 가서 공장에
다니거나 친척 집 장사를 도우면서 생계를 이어갔다.
산업체학교(기숙사 생활을 하며 낮에는 공장에서 일하고 밤에는
공부하는 학교)에 들어간 아이 중에는 대학을 가서 남보란
듯이 잘 사는 아이도 있다. 만리객지 서울이란 곳에서 동네
아이들끼리 1년에 한두 번 모였던 것 같다.

　초등학교 마치고 일찍 서울로 간 여자아이 중에
정희(가명)가 있다. 명절 때 가끔 내려와서 서울 말투로
말하면 우리는 그를 부러워했다. 우리가 고등학교 갈 즈음에
정희는 수저를 만드는 영등포 어느 공장에 다닌다고 했고,
내가 대학 갈 때쯤에 정희는 화장을 짙게 하고 고향에 왔던
걸로 기억한다.

　서울로 대학을 와서 정희를 몇 번 만났다. 나를 오빠라고
부르며 참 잘해주었다. 한 번은 고향 친구들끼리 모여 술을
마셨는데 정희가 자신이 일하는 술집으로 술에 취해 비틀비틀
우리를 다 데리고 갔다. 어둡고 좁고 붉은 등이 켜진 곳이었다.

눈이 아프다고 불을 밝게 해달라고 해도 그 붉은 어둠이
정희의 전부였다. 정희가 가게 주인은 아니었다. 주인에게
허락을 받고 우리를 데리고 가서 술을 마셨다.

술에 취한 정희가 울었다. 어렴풋이 기억나기로는 웬 늙은
남자가 와서 행패를 부렸던 것 같다. 술을 마시던 우리 동네
아이들이 모두 힘을 합쳐 그 남자를 쫓아냈다. 1년에 한 번
만나는 모임에 정희는 짙은 화장을 하고 나타나 취하면 자주
울었다. 술집에서 일하며 사랑을 했고, 남자를 만나고 버림을
받고, 다시 만나서 또 이별하고… 그야말로 삼류 영화 속
이야기가 정희에게는 지독한 현실이었다.

그러다가 술집 일을 그만두고 미용을 배워 미용실을
차렸다. 정희 결혼식 때는 아직 등단도 하지 않은 내가 축시를
읽어주었다.

"눈물 한 방울이 기차를 타고 와서 서울에 내렸다"로
시작되는 시였다. 아이가 생기지 않는다고 고민하던 정희가
결혼 4년 만에 이혼했다. 이혼을 당했다는 말이 맞겠다. 슬픈
일이지만 애 못 낳는다고 이혼당하던 말도 안 되는 시절도
있었다. 정희는 다시 술집에 나갔다.

객지로 온 우리 동네 아이들은 빨리 어른이 되었고 빨리

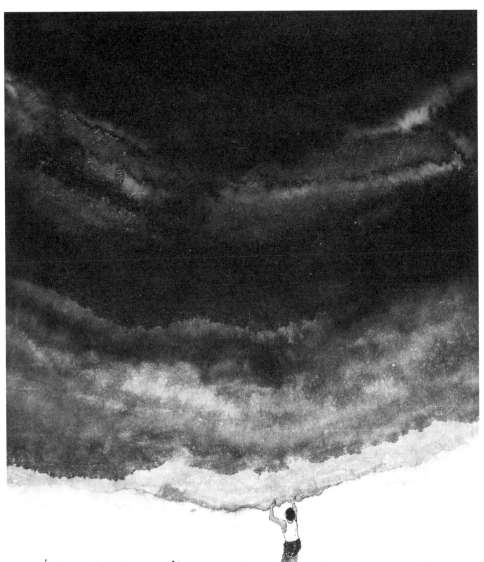

감당할 수 없는 것들이 닥쳐 왔을 때, 안간힘을 다하며 감당할 수 있는 만큼만 감당하자. 내가 감당
하고 남은 것들은 제각기 빛내면서 다른 사람에게 가서 또 감당할 수 있는 것이 되어 버릴 테니까
그러고 나서 홀홀 털털 웃자, 사는 게 참 힘들 있다고 웃자. 일천구백육년 김 옥대 쓰고 그리다

늙어갔다. 1년에 한 번 하던 모임은 시나브로 없어지고
정희와의 소식도 끊어졌다. 시간이 많이 흘러 내가 40세 되던
해에 정희의 부고를 받았다. 공장에서 술집으로 술집에서
미용실로 간 정희 그리고 짧게나마 가정을 이루었던 정희,
다시 술집으로 돌아간 화장 짙은 정희는 그렇게 우리 곁을
떠났다. 세상의 정희들은 다 그렇게 우리 곁을 떠났다.

　이것이 어제 올린 시에 일면식도 없는 여성이 달았던
댓글을 보고 내가 몹시 화가 났던 이유라면 이유다. 더는
말하고 싶지 않다. 어쩌면 지난 시절은 다 그렇게 흘러가고
우리에게는 늘 새로운 시간만 닥쳐오는 거니까.

밤하늘의 별이 많은 이유

기득권은 기어코 보수적이다.
완전히 내려놓지 않으면
모든 걸 잃어버린다.

나이 든 몸과 정신은 비좁다. 나도 마찬가지다. 보고 들은
것과 시간이 많이 쌓여 있기(수축, 주름) 때문이다. 새로운
시간이 쌓일 틈이 적다. 새로운 시간은 빈 곳 많은 허술한
젊은이들에게 양보해야 한다. 옳고 그름의 문제가 아니라
새로움과 낡음의 문제다.

젊은 세대가 반드시 옳지는 않지만 거의 새롭고 매우
다르다. 나이 든 세대가 반드시 틀리지는 않지만 예외 없이
낡았다. 낡지 않은 어른은 어른이 아니다. 왜곡된 한국
자본주의의 천한 빛과 참담한 어둠을 헤치고 온 육신의 눈은
노화되었고, 정신 차리고 사느라고 정신의 뼈는 익었다.

고생이 많았다. 수고했다. 나이 들어 보수화되는 것은
당연한 일이다. 철듦과 낡음은 동의어다. 받아들이기

비웃지 않건 이웃기 싸우자안근싸우기
거부하기 외해 체념하근 열음브떠 정면으
뚫는다 이압일년 삼이월 김주대 씀 그림

싫겠지만 받아들이기 싫은 마음도 보수화됐다는 증거다. 자신이 진보적이라고 생각하고, 새로운 생각을 가졌다고 홀로 드높이 자위하는 처지는 얼마나 가여운 상태인가.

젊은 세대가 옳아서가 아니라 나이 든 세대와 다르므로 새로운 시간은 젊은 세대에게 양보해야 한다. 양보하기 싫고 놓기 싫어도 비좁은 몸에 더 이상의 새로운 시간은 쌓이기 힘들다.

양보하지 않으면 양보당한다. 이미 쌓인 시간을 잘 보존하며 가다듬어야지 새로운 시간에 욕심낼 필요는 없다.

젊은 세대를 이해할 수 없을 때가 많다. 죽어도 이해할 수 없으니 이해하지 마시자. 오늘도 이해하지 못하는 우리가 내일 아침을 어떻게 미리 이해할 수 있겠는가? 혁명적 사고를 가졌다고 생각하는 당신도 나도 거의 보수적이다. 적든 많든, 싫든 좋든 자본주의의 천한 이득을 온몸으로 흡수하며 살았기 때문에 오늘 여기에서 말깨나 하는 사람으로 생존해 '있다'. 만약 이 야비한 자본주의 체제를 온몸으로 거부했다면 오늘의 나와 당신이라는 어른은 존재하지 않았을 것이다.

자본주의의 천한 이득과 모순을 온몸으로 거부한 사람들은 하늘의 별이 됐다. 민주 투사, 열사만을 얘기하는 것이 아니다. 적응하지 못해서, 힘들고 괴로워서 죽은 모든 사람을 얘기하는 것이다.

밤하늘의 별이 저토록 많은 이유가 아니겠는가. 거기에 비하면 솔직히 당신과 나는 자본이라는 거대한 악에 잘 적응한 사람들이다(전근대적인 방식이라고 하더라도 젊디젊은 지도자를 옹립했기 때문에 북한의 시간은 연장됐고, 억지로라도 체제는 전보다 건강해졌다).

나도 그렇지만 이 글을 읽고 있는 당신도 분명히 늙었다. 선악을 분별하고 행불행을 알기 때문이다. 저 아득한 청동기 시대부터 그랬고, 앞으로도 그렇겠지만, 사는 게 힘들어 행복도 불행도 잊어버린 젊은이의 퀭한 눈만이 물밀듯이 밀려오는 새로운 시간, 다른 시간을 받아들일 수 있다.

대한민국에도 전혀 새로운 다른 지도자가 나타나기를 바란다. 국민의힘은 오래전에 없어졌어야 할 정당이지만 더불어민주당도 아주 다르지 않다. 범여권 국회의원 180석, 이것이 기득권이 아니면 무엇이 기득권인가. 모든 기득권은 기어코 보수적이다.

완전히 내려놓지 않으면 모든 걸 잃어버린다. 의원직을 사퇴하라는 얘기가 아니고, 매일매일 다 내려놓는다는

어디다 정신을 개패놓고 돌아와 마룬 걸레처럼 앉아있다 "정시하묻바고"
이국일활 2른 긴라대

마음으로 사태들에 임하지 않으면 완전히 잃을 것이라는
얘기다.

완전히 내려놓고 싸우는 사람은 만인이 금방 알아차린다.
이순신 장군의 어록이 함부로 어록이겠는가?

필사즉생 필생즉사(必死卽生 必生卽死).

할머니와 야생 오리

오리가 여기저기 아무렇게나 싸는
똥은 더럽지만, 야생 오리와
할머니 사이에 왕래하는 정은 따뜻했다.

　삼척 촛대바위 근처 작은 강에 사는 야생 오리 두 마리가
할머니 가게 앞에 와서 가게 안을 기웃거리며 친구 불러내는
아이들처럼 서성거린다.
　야생의 오리가 가게까지 찾아오는 게 신기하다. 가게 안에
있다가 오리를 본 할머니가 신경질을 내신다.
　"저 노무 새끼들 똥 때문에 죽겠어."
　오리들이 할머니를 보자 꽥꽥대며 궁둥이를 마구
씰룩거린다.
　"아이구, 저 노무 새끼들."
　할머니가 한 번 더 소리를 지르더니 진열대 밑에 숨겨둔
오리 밥(사료)을 꺼내어 공터에 쏟아주신다. 오리들이
정신없이 밥을 먹는다. 어디서 나타났는지 참새들도 와서

같이 먹는다.

"할머니, 가게 앞에 똥도 싸고 그러는데 오리한테 왜 밥을 주세요?"

"자꾸 찾아오는 걸 어떡해. 우리 영감도 오리 찾아오는 거 아주 싫어해."

"그럼 밥을 주지 마시지요?"

"자꾸 찾아오는 걸 어떡해."

"그러니까 밥을 안 주시면 안 찾아오잖아요."

"저래 찾아와서 조르잖아, 밥 달라고. 아주 성가셔 죽겠어. 사람은 안 오는데 저것들은 오잖아."

"아, 그러니까 밥을 주지 마세요."

나는 할머니의 반응이 재미있어서 일부러 자꾸 도발적인 질문과 대꾸를 한다. 그렇지만 생명을 대하는 할머니의 태도는 한결같다.

"오는 걸 어째 안 줘, 손님 같으면 밥 달라고 찾아오는 걸 안 줄 수가 있겠어?"

"저 같으면 오리 똥이 무서워서 안 줄 거 같아요."

"똥보다 더 무서운 것이 인정이라 개미 새끼 하나 안 찾아오는 나한테 저렇게 나 하나 보고 찾아오는데 어째 안 줘?

182

우리 영감이 뭐라 캐도 줘야지.”

　오리는 야생을 다소 잃고 인정(人情)에 기대는 것처럼
보였고, 할머니는 사람에게 정을 얻지 못한 대신으로
오리에게 인정을 쏟고 있는 것처럼 보였다. 인정은 종을
초월해서 이동하는 것인지도 모르겠다. 오리가 여기저기
아무렇게나 싸는 똥은 더럽지만, 야생 오리와 할머니 사이에
왕래하는 정은 따뜻했다.

　잘 먹지 않는 아이스크림을 하나 사며 할머니께 기념사진을
찍고 싶다고 하자 손사래를 치신다.

　“찍지 마, 내 얼굴이 시커먼 기 매린 없어.”

　“아이고, 이뿌기만 하시구만요. 자아, 할머니 여기 핸드폰을
잠깐만 보세요.”

　다정하게 사진 찍는 걸 본 ‘영감’이 멀리 있다가 갑자기
다가와서 휙 지나가며 “사진을 뭘 찍고 그래?” 하고
퉁명스럽게 뱉고는 빗자루를 들고 나가신다.

　“할머니이~ 여기 잠깐만 보세요.”

　“어허, 찍지 말라니까 그러네, 어델 보라고?”

　“여기, 여기요.”

　“찍지 마, 어델 보라고? 아, 이걸 머세 쓸라고 찍으까? 오리

184

밥이나 한 봉지 사든지."

"네, 할머니 강냉이 한 봉지 주세요. 사진 고마워요."

할머니가 말하는 사이 얼른 사진을 찍고, 오리 밥 강냉이를 한 봉지 사서 든다.

가게를 나왔더니 '영감'은 똥을 치우고 계셨고, 오리들은 다 없어졌다.

오리 밥을 든 나는 궁둥이를 씰룩거리며 오리를 찾아 강으로 뒤뚱뒤뚱 걷는다. 발걸음마다 오리 똥이 놓여 있다.

나 보기가 역겨워 가시더라도 똥은 싸놓지 마시지, 중얼거리며 야생을 찾아간다.

종을 넘어선 할머니의 인정이 귀하다는 생각을 하는 초여름이다.

4

아직까지
봄을 이겼다는 사람을
본 적이 없다

점잖게 웃기는 분

생사를 넘나들면서도 우스갯소리를 하고 껌을 질경질경
씹어대는 그 모습이 인상 깊게 남아 있다. 긴장을
풀려는 노력이겠지만, 여유와 유머로도 보였다.

흔히들 점잖음과 유머를 이질적인 것으로 보지만, 점잖음과
유머를 동시에 장착하고 때때로 발현하시는 분이 있다.
점잖게 웃기는 분이다. 그분은 얼굴 근육을 통해 만들어내는
다종의 미소 중에 특별히 은은한 미소를 자아내게 하는
능력을 가진 분이다. 평론가 염무웅 선생. 최근에 발간한
선생의 저서에 이런 문장이 나온다.

"김용태는 나에게 창자 속에 든 것까지 다 꺼내 보여준다는
태도였다. 그렇게 개복(開腹)까지 했음에도 김용태 역시
나에게는 속내를 다 알아내지 못한 인물이다."[*]

'개복' 즉 배를 갈라 다 보여줬다는 의미의 이 대목에서

[*] 염무웅, 『지옥에 이르지 않기 위하여』, 창비, 2021.

웃지 않을 도리가 없다. 배 째서 다 보여줘도 그 속을
모르겠다는 선생의 능청스러움이나 무지에 또 웃지 않을 수
없고.

"젊은 기자들은 많은 경우, 나의 오해이기를 바라지만,
넓게 인문학적 소양을 쌓아야 할 대학 시절에 고시 공부하듯
암기에만 몰두해서 '유식한 맹목'이 되어 있다는 느낌이다.
하기는 판검사들은 더한 것 같지만…"*

'유식한 맹목'이라는 말도 재밌지만, 말을 끝맺는 듯하다가
느닷없이 판검사들을 끌어와서 패대기를 치고 계신다. 통쾌한
미소가 저절로 인다.

"(젊은 시절 지인의 소개로 만난 여성과의 첫 대면에서) 척
보니 나처럼 소심한 학삐리가 감당하기에는 과분했고… 나는
기탄없이 웃고 떠들어대는 실례를 저지름으로써 배우자 아닌
친구로는 지낼 수 있다는 태도를 보였고, 그날 이후 그 여성은
내게 다시는 소식을 전하지 않았다."**

맘에 들지 않았으면 "기탄없이 웃고 떠들어대"셨을 리가

* 같은 책.
** 같은 책.

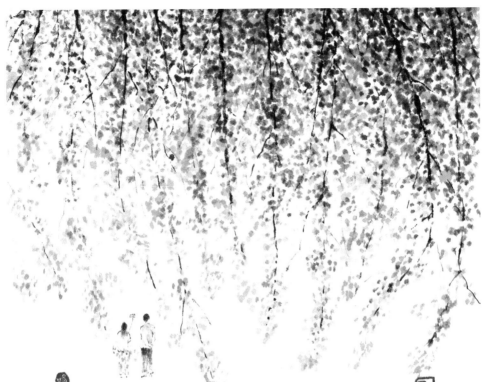

죽어서 피는 사람은 꽃으로 돌아더니 꽃이 피기 시작 하였다 꽃님새꽃법새. 그대여서 빛지않구나. 김구대

없다. 결혼할 형편은 못 됐으나 앙큼하시게도 친구로는
지내고 싶은 욕심은 있으셨던 모양이다. 아, 그러나 우리의
과분하게 매력적인 여성은 그 후로 소식을 전하지 않았다. 그
여성은 자존심이 상했을까, 염무웅 선생의 '명랑한' 계산을
간파했을까. 알고 보면 염무웅 선생은 참 유머가 풍부한
분이다. 그 유머가 가볍지 않아서 그렇지 들여다보거나,
귀 기울이면 미소가 저절로 인다. 지난날 문재인 대통령을
수행해 방북하신 2박 3일간의 이야기에서도 선생의 유머가
슬슬 드러난다.

"나는 동승한 안내원에게 슬쩍 물어보았다. '(환영하는)
인민들이 몇이나 거리로 나왔을까요?' 하지만 그는 쓸데없는
질문 말라는 듯 대꾸했다. '그 어케 셀 수 있갔습네까?'"*

아이 같은 순정한 호의와 호기심으로 '인민'이라는 북한
일상용어까지 동원해 물었으나 돌아온 건 북한 안내원의
무심한 대답(불친절로 보지 않으심). 한 방 먹은 선생의
무안하고 멍~해진 표정이 떠올라 웃음이 난다. 내가 옆에
있었으면 선생의 무안을 달래 드리려 북한 안내원에게 이북

* 같은 책.

사투리를 흉내 내어 한마디 했을 것이다.

"이보라우, 안내원 동무, 그 머이 대답이 그렀습네까. 우리 샘이 진정 달뜨고 좋아서 물어본 걸 고따구 면박적 대답으로 뭉갭네까?"

그러면 또 북한 안내원은 머리를 긁으며 대답하겠지.

"죄송합네다. 셀 수 없이 많이 나왔구만요."

생각만 해도 좋다. 선생의 말씀 한 자락 그대로 옮긴다.

"평화와 민주주의, 민족적 자주와 사회적 평등이 한반도 전역에 걸쳐 실질적으로 구현되는 진정으로 바람직한 상황을 통일이라 할 때, 그것은 어떤 극적인 한순간의 감격이라기보다 일상적 실천과 자기희생을 동반한 점진적 성숙의 현실적 축적일 것이다."*

어릴 적 본 전쟁영화에는 껌을 씹으며 전투를 수행하는 주인공들이 더러 나온다. 생사를 넘나들면서도 우스갯소리를 하고 껌을 질겅질겅 씹어대는 그 모습이 인상 깊게 남아 있다. 긴장을 풀려는 노력이겠지만, 여유와 유머로도 보였다.

그 어떤 이질적인 것이 한 몸처럼 전개되는 영화였던

* 같은 책.

것으로 기억한다. 염무웅 선생의 글과 말씀들을 통해 상처와 고통을 끌고 가면서도 유머를 잃지 않는 한반도 남북 주민의 오늘을 보았다.

가장 소중한 존재

세상의 규범은 사랑하는 이들에게 가서는
의미가 달라진다. 폭력도 용서가 되고 미움도
애틋해지는 것이 사랑이 아닐까.

산을 넘어간 해가 희미한 잔광을 하늘로 뿌릴 뿐이다. 큰
산맥 아래 소읍은 일찍 어두워졌지만 장날이어서인지 몇몇
취객이 비틀거리는 그림자를 끌고 다니고 있다. 장이
열렸던 기차역 앞 큰길 경운기 옆에 술 취한 사내가 주저앉아
있다. 메가폰이 옆에 있는 걸로 보아 무언가 종일 외치며
장사를 한 모양이다. 비 맞지 않게 짐칸을 개조한 경운기 뒤쪽
붉은 미등이 깜빡이고 있다. 사내는 앉은 채로 경운기 바퀴를
발로 툭툭 차기도 하고 쓰다듬기도 한다.

가끔 경운기를 때리며 고함을 지른다. 경운기에 물건을
싣고 와서 팔았던 모양이다. 장사가 잘돼 의기양양해졌을
수도 있고, 장사가 잘되지 않아 화가 났을 수도 있다. 전화기에
대고 뭐라고 뭐라고 속삭인다. 한참 시간이 지났을까. 택시

한 대가 사내 옆에 선다. 웬 여인네가 내려 사내를 막 나무란다.
좀 전까지 소리를 질러대던 사내가 고양이 앞의 쥐처럼
조용해진다. 여자가 사내의 등을 사정없이 때리며 묻는다.

"아이고 참말로 못살겠네, 어데서 이키 마셨어요?"

사내는 등을 대고 잘못했다는 시늉을 하며 여자의 센
손바닥을 다 받아낸다. 여자는 사내의 짐을 주섬주섬 싸서
끌어안고는 사내를 부축해 택시에 태운다. 경운기 미등이
켜진 것을 그대로 두고 갈 모양이다. 멀거니 구경만 하고 있던
나는 급하게 외친다.

"저기 저기요, 경운기 등 켜져 있어요."

얌전히 여자를 따르던 사내가 힐끗 돌아본다.

"니가 먼 상관이냐, 임마."

사내는 냅다 아주 큰 소리를 지르고는 택시를 타고
가버린다. 장사가 잘 안된 걸까?

'여자한테는 꼼짝도 못하는 인간이 모르는 내게 괜히
큰소리야.'

속으로 중얼대는 불쌍한 처지를 알았는지 옆에 있던 웬
젊은 청년이 히죽히죽 웃으며 말한다.

"큭큭큭큭, 걱정하지 마요. 저 경운기 미등은 내일까지

켜놔도 괜찮아요. 바떼리 안 나가요.”

나는 머리를 긁적이며 얼버무린다.

“아, 그래요? 히히, 저 아저씨 술이 많이 취했네요.”

무안해진 나는 야경을 찍으러 나온 사람처럼 여기저기
철시한 시장을 찍어대다가 청년이 사라진 걸 보고는 사진기를
거두고 차에 오른다.

그때 어디 숨어서 지켜보고 있었던 것처럼 청년이 갑자기
다시 나타난다.

“아까 그 아저씨, 아주머니 내일도 장에 나와요. 아저씨
장사하는 모습 찍으려면 내일 여기 오면 돼요. 아주머니도
같이 장사해요.”

청년은 묻지도 않은 정보를 알려준다.

나는 아까 그 사내처럼 청년에게 ‘니가 먼 상관이냐, 임마’
하고 속으로만 소리를 지르고는 시동을 건다. 여관을 찾아
차를 대놓고 나와서 막걸리나 한 병 마시자 생각하며 기어를
넣다가 속으로 중얼거린다.

‘그래? 그럼 내일 다시 와서 여자에게 꼼짝도 못하는
사내를 만나 사는 얘기 좀 들어보지 뭐. 사진도 찍고. 무안해서
말은 안 했지만, 고맙다 청년아.’

그러다가 창문을 열고 청년에게 진짜 소리친다.

"고마워요."

객지의 여관에 누워 생각한다. 그토록 세게 등을 때리는 여인네와 그 폭력을 다 받아들이는 사내. 여인네의 폭력 아닌 폭력에는 술 좀 그만 마시라는 염려와 원망이 섞여 있을 것이다. 아니, 염려와 원망이 아니라 '당신이 없으면 나는 살 수가 없다. 당신은 나의 가장 소중한 존재다'라는 사랑이 들어 있겠다. 세상의 규범은 사랑하는 이들에게 가서는 의미가 달라진다. 폭력도 용서가 되고 미움도 애틋해지는 것이 사랑이 아닐까. 등을 때릴 때 세기의 정도를 무의식중에 정밀하게 조절했을 여인네의 손바닥 감각과 그 감각을 고스란히 받아들이는 사내의 등 감각은 당사자들이 아니면 아무도 모르지 싶다.

"아이고 참말로 못살겠네, 어데서 이키 마셨어요?"

여인네의 카랑카랑한 애정의 목소리가 들려오는 것 같다.

폐허도 삶이 된다

음악처럼 흐르는 몸의 상상을 그림으로 그리듯
모국어로 건축한 것이 시일 텐데.
그리하여 폐허도 삶이 된다.

폐허(廢墟)! 방방곡곡 사람들의 삶을 찾아다니다가 가끔
마주친다. 흔히 버려진 곳, 삶이 중단된 곳으로 생각하기
쉽지만, 폐허 앞에 서면 폐허야말로 삶의 분명한 일부라는
생각을 하게 된다.

한때 우체국 직원이기도 했던 프랑스 철학자 가스통
바슐라르는 인간의 상상력을 세균으로 보았다. 상상력은
영혼의 질병을 안겨주어 인간을 고통스럽게도 하지만, 인간을
살아 있는 생명체로 만드는 주요한 미생물이다. 상상은
살균되지 않는 인간의 내부이자 내부의 타자다.

폐허에 서면 상상이 시작된다. 폐허에 와서 '아' 하고 입을
벌린다.

황폐한 풍경들이 몸 안으로 바람처럼 몰려들어 오는 걸

느낀다. 상상한다. 몸 안의 여러 기관들이 일어서 팔을 벌려 반기기도 하고 놀라기도 한다. 흔들리지만 비로소 몸은 온전히 폐허의 풍경 속을 걷기 시작한다.

모국어로 몸과 몸 안의 상상을 보여줄 수 있다는 사실은 얼마나 기쁘고 다행스럽고 슬픈 일인지. 몸이 폐허와 만나 나누는 대화.

오래전 태를 달고 어머니의 뱃속에서 익힌 소리들의 두근거림과 진동. 아버지와 어머니의 숨소리까지 배어든 모국어적 상상은 몸속을 서성거리다가 폐허에 와서 자음과 모음의 옷을 입고 외출한다. 그것이 폐허와의 대화이며 시의 시작이다.

폐~ 허~.

첫 음절 '폐'의 초성 무성파열음 'ㅍ'은 막혔던 입술이 터지면서 나는 소리다.

폐허의 터지고 밟히고 파괴된 흔적이 발음에 나타난다. '허'의 초성인 'ㅎ'은 후음(목구멍소리)이다.

먹먹하게 벌린 목구멍에서 나오던 깜깜한 바람소리 'ㅎ'이 입 안에 잠시 머물다가 입 밖으로 새나오며 모음 'ㅓ'를 만나 '허~' 하고 발음된다. 파괴된 곳의 허허로움이 '폐허'라는 말

오로지 아름다운 시를 남기려는 욕망으로 버티어 온 것인지도 모른다

속에 있다.

입술 모양과 목구멍 모양은 '폐허'의 자음 'ㅍ'과 'ㅎ'을 만들고, '폐허'의 모음 'ㅖ'와 'ㅓ'는 천지인(天地人) 삼재(三才)를 바탕으로 만든 문자 'ㆍ, ㅡ, ㅣ'를 합자한 것이니 폐허라는 글자와 발음에서 이미 몸과 천지자연이 조화롭게 한 마을을 이룬다.

모국어는 자음과 모음으로 이루어진 기호이기 이전에 어머니의 몸짓을 담은 진동이고 태어난 땅의 바람과의 공명이다. 모국어로 시를 쓴다는 것은 어머니에게 받은 몸으로 말하는 것이고, 몸에 기록된 역사적 기억의 서술이며 행복한 관습이다.

아르헨티나 시인 보르헤스는 그의 시 「시학」에서 "나날의 일상에서 인간이 살아온/유구한 세월의 상징을 보고/세월의 전횡을 음악과/속삭임과 상징으로 바꾸어라"라고 했다. 세월의 전횡을 속삭임으로 바꾸고 싶은 것은 비단 시를 쓰는 사람만의 생각은 아닐 것이다.

세월의 전횡을 온몸으로 받아들인 고통스러운 자들의 목소리가 시이면 어떻고 음악이면 어떻고 건축이나 미술이면 어떻겠는가.

'음악'처럼 흐르는 몸의 상상을 '그림' 그리듯 모국어로 '건축'한 것이 '시'일 텐데. 그리하여 폐허도 삶이 된다.

  나는 졸시 「폐허의 노래」에서 "덩굴은 바람의 손/죽은 자가 깨어나 벽을 더듬고 있다/버려진 개들이 떠나지 못한 영혼처럼 남아/골목을 서성거리고/부서진 벽 녹슨 철근들은/핏물 빠진 핏줄처럼 튀어나와/바람의 방향으로 끌려가고 있다/깨진 창문이 밤낮 주인 없는 빈방을 들여다보는 곳/건드리기만 해도 울음이 쏟아질 듯 기울어진 지붕 아래/중력을 이기기 못한 영혼이/천장에서 쏟아져 합판을 잡고 펄럭거린다"고 폐허의 삶을 노래했다.

이대로 꼬꾸라져 부러도

세상에 없는 사람들처럼 일만 하시는
착한 당신들께서는 행복한 좋은 세상
올 때까지 사셔야지요.

위성 날씨 지도를 보니 변산반도에서 대전 일대까지,
그리고 차령산맥 북쪽까지 남한 지역을 좌에서 우로 비스듬히
가로질러 가늘고 길게 구름이 끼어 있다. 구름 낀 곳만 비가
조금 오락가락하는 날씨다. 벗어나려다가 일부러 그 지역으로
운전대를 돌린다.

변산반도 근처 큰 밭에서 고구마를 캐는 인부들을 만난다.
20여 명이 몇 개의 조를 이루어 기계와 손으로 고구마를 캔다.
다들 우비를 입고 작업하고 있다. 차를 세운 작은 공터가 하필
인부들이 옷과 짐을 놓아둔 자리다. 노인 보행기도 한 대 함께
있다.

노인 보행기가 궁금해 인부들이 일을 끝내거나 새참을
먹으러 밭에서 나올 때까지 기다리기로 한다. 카메라로

풍경을 찍는 척하면서 밭도 찍고 일하는 모습도 찍는다. 오전 9시 30분쯤 새참을 먹으러들 밭에서 나온다. 외국인 노동자도 끼어 있다. 다들 빵과 커피를 먹는다. 보행기에 우비를 벗어 걸치는 아주머니의 허리가 유독 많이 굽어 있다. 아주머니가 카메라를 보며 먼저 말을 걸어온다.

"머슬 허는 양반이다요?"

나는 얼른 거짓말 겸 진실을 말한다.

"아, 네, 농업 관련 취재를 좀 하고 있어요."

"기자요?"

"기자는 아니고요. 사진 몇 방 눌러도 될까요?"

"뭐단다고 사진을 찍어, 일허는 거시 뭐시 좋다고. 테레비에 안 낼라만 찍지 마."

흔히들 허락을 반어적으로 그렇게 말한다. 찍어도 된다는 말이다.

"하하하하, 테레비에 낼게요. 근데 허리 안 아프세요?"

"나가 허는 일은 앉아서 허는 거시고, 가끔 일어나는 거잉께 괜찮제. 친구들이 나가튼 쪼그랑방탱이도 끼워줌께 고맙제. 따신 커피 한잔 하더라고?"

"아뇨, 아뇨, 저는 커피를 못 마셔요."

210

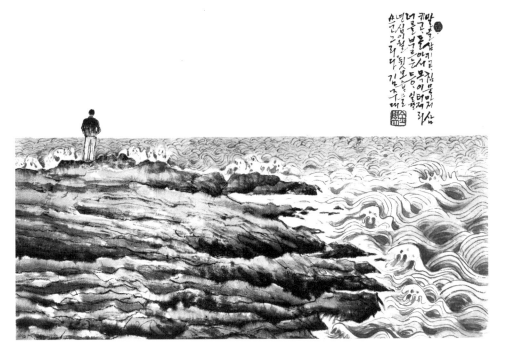

"아따 입이 고급잉가?"

"입이 고급이라서는 아니고요, 설사를 해요."

"똥을 싸분다고?"

똥을 싼다는 말에 다들 웃는다. 나는 웃으며 전라도 사투리를 흉내 내어 대화를 이어간다.

"하하하하, 네~ 똥을 싸붑니다."

"그라모 저짜, 저 보온통에 생강차 들었응께 한잔 따라 마시씨요."

"아, 네, 네, 감사합니다. 허리 정말 괜찮습니까?"

"하루 이틀도 아니고 이제 이대로 꼬꾸라져 부러도 괘안아. 별수 있간디."

그 후로 나는 그 아주머니를 중심으로 많은 사진을 찍는다. 사진 찍지 말라는 사람, 찍어도 괜찮다는 사람, 의견이 나뉘었지만 나의 인상(내가 사람 좋게 생겼나?)을 보고는 대체로 찍어도 된다는 쪽으로 기울어져 맘 놓고 사진을 찍는다. 일을 다 끝내고 집으로 돌아가는 뒷모습을 마지막으로 찍고, 막걸리나 한 병 할 요량으로 다음 목적지로 이동한다. "이대로 꼬꾸라져 부러도 괘안아"라는 말이 자꾸 머리에 맴돈다.

"이대로 꼬꾸라져 부러도 괘안아."

나는 속으로 말한다.

'꼬꾸라지기는 왜 꼬꾸라집니까, 국민을 학살한 자도
대통령 해먹고, 국민을 우습게 아는 자들이 대통령 해먹겠다고
부지기수 나서는 판인데, 세상에 없는 사람들처럼 일만 하시는
착한 당신들께서는 행복한 좋은 세상 올 때까지 사셔야지요.'

무단히 노무현 전 대통령의 연설 한 구절이 떠오른다.

"어린이 여러분, 착한 사람이 되고 싶어요, 큰사람이 되고
싶어요? 어렵죠? 돈 많은 사람도 큰사람, 출세한 사람도
큰사람, 큰 권력을 가진 사람도 큰사람인데 그런 사람들은
착하지 않은 경우가 많잖아요. 그런데 착한 사람도 되고
큰사람도 되고, 둘 다 되고 싶지요? 어떻게 하면 좋을까요?
음… 착한 일을 크게 하면 돼요. 착한 일을 크게 하는 사람이
가장 큰 착한 사람이에요."

바다에서 불어오는 바람이 거칠다. 멀리 수평선이 보인다.
큰 먹장구름들이 울멍울멍 떠가는 사이로 햇살이 내려온다.
신이 재림할 때나 볼 수 있을 법한 장관이 펼쳐진다. 일만
하며 살다가 '이대로 꼬꾸라져 부러도 괘안아'라고 하는 선한
사람들의 고단한 삶에 세상에서 가장 밝고 따스한 햇살이
내려왔으면 좋겠다.

찬란하고 애틋한 청춘

뭐든 비우면 빛날 때가 있잖아요.
사나운 욕심이 없고 꿈만 많은 사람이
아름답게 보이듯이 말입니다.

전국 방방곡곡 다니며 보고 들은 것을 그려 이른바
'김주대문인화전-꽃이 져도 오시라'를 하고 있다. 코로나19
사태로 인해 3년 만에 여는 전시회다. 전국을 돌아다니며
만나는 사람들에게서 느끼던 바를 전시장에 찾아오는
분들한테서 느끼는 것도 특별하고 소중한 행복이다.

20대 후반이거나 30대 초반인 듯한 청년이 전시장
입구에 걸려 있는 그림 두 점을 보더니 잘못 들어왔다며
"죄송합니다" 하고는 부리나케 나가려고 한다. 하는 양을
은근히 지켜보고 있던 나는 도끼 맞은 소처럼 자리에서 벌떡
일어나 농담 반 진담 반 외쳤다.

"저기~ 청년, 잠깐요, 기왕 들어왔으면 석 점은 보고
나가셔야지요, 첫 손님인데…"

청년은 흠칫 놀라 돌아보더니 다음 그림으로 다가가 내 눈치를 살살 보며 감상하기 시작한다.

감상에 방해가 될까봐 전시장 밖에 나와서 10여 분간 빌~빌 돌아다니다 다시 전시장으로 들어갔다. 어라? 도망쳤을 것이라 여겼던 청년이 여전히 그림을 감상하고 있었다. 그림에서 뒤로 물러났다 바짝 다가갔다 온갖 정성스러운 자세를 다 취하며 그림 감상에 열중했다. 거의 한 시간가량 그림을 보더니 공손히 인사를 하고 사라졌다. 진지하게 그림을 다 보고 떠나는 청년의 뒷모습이 아름다웠다.

오후 4시쯤 해서 청년은 아리따운 아가씨를 대동하고 와서는 제 아버지한테 인사를 시키듯 내게 인사를 시켰다.

"이분이 작가님이야."

나는 마치 시아버지나 된 양 정중하게 인사를 받았다. 고개를 드는데 이 망할 청년은 아리따운 아가씨를 데리고 다시 전시장을 나가버린다.

'이런이런. 야, 이 인간아, 인사가 중요하냐. 그림을 보게 해야지.'

나는 속으로 막 실망을 퍼부었다. 복도 끝으로 간 청년과

사기아목연꽃돋운 후, 어르신낚라볼
빔다 말해야해? 자기는 세상의와
대령동이야. 능기님 더대려하지만 군
다임돋이 되고리고. 이런생면 이쯤
'약건'을쓰고 그라다. 기소 죽대

아가씨는 복도 끝에 걸어 놓은 그림부터 차례로 감상하며
오기 시작했다. 그림이 복도에도 걸려 있다. 나는 놀라서 얼른
전시장 안으로 뛰어 들어왔다. 모르는 척하고 둘을 기다렸다.
복도에 걸린 그림을 다 감상하고는 전시장 안으로 들어와서
거의 한 시간을 넘게 한 점 한 점 그림을 감상했다.

'어휴 저토록 다정한 것들이라니.'

나는 왜 이리 성급하게 판단해 실망하고 함부로 좋아하는
옹졸한 성품을 가졌나 싶어 머리를 숙이고 반성하는 자세로
가만히 있었다.

그림을 다 본 청년과 아가씨가 공손하게 다가와 인사를
한다.

"그림 정말 잘 봤습니다. 안 봤으면 후회할 뻔했습니다.
사인 좀 부탁합니다."

'아, 화첩을 구매하겠다는 얘기로구나. 얼마든지 사인을
해주고말고. 근데 이 비싼 책을 젊은이들이 무슨 돈이 있다고
사려고 하지? 그냥 출판사 몰래 한 권 줘버릴까?'

속으로 고민하고 있는데 아가씨가 가방에서 작은 노트를
꺼내 펼치더니 그곳에 사인을 해달라고 한다. 그러면 그렇지.
노트에 사인을 해달라는 말이었다. 다소 섭섭했지만 나는

찬란하고 애틋한 청춘들에게 사인을 해드렸다. 다음에
대중적인 가격의 화첩이 나오면 무작정 그냥 드려야지
싶었다.

　"두 분 오래오래 행복하게 싸우며 지내시기를요. 만나서
반갑고 도망치지 않고 그림을 감상해주셔서 감사합니다."

　청년이 물었다.

　"작가님, 아까 관람객들과 하시는 말씀 살짝 엿들었어요.
한지에 흰색을 칠하지 않고 비워둠으로써 흰색 효과를 낸다고
하셨는데 어떤 이유가 있는지 궁금합니다. 정말로 자세히
보니 하얀 나비와 꽃, 노인들의 흰머리, 흰 파도, 흰 구름 전부
비어 있더라고요."

　유심히 그림을 들여다본 청년의 질문이 반가웠다. 대답은
이미 준비돼 있었지만 한참 생각하는 척했다. 맑게 빛나는
청춘남녀를 흐뭇하게 쳐다보며 말했다.

　"뭐든 비우면 빛날 때가 있잖아요. 사나운 욕심이 없고 꿈만
많은 사람이 아름답게 보이듯이 말입니다."

아이고, 아이고

아이고, 고맙습니다. 아이고, 별말씀을요.
우리들의 '아이고'는
길고 진지했다.

전시장에 허름한 차림의 사내가 다가오더니 화첩을 구매한
영수증과 3만 원을 내밀면서 화첩에 사인을 해달라고 하신다.
화첩을 구매하신 분께는 내가 전시장에 있는 동안에는 그냥
사인을 해드리는 건데 왜 돈을 내미는지 모르겠다. 멀뚱멀뚱
그분을 쳐다보았다.

"저어, 시인님, 사실 제가 집사람 계정으로 시인님 페북에
몰래 들어가서 매일매일 올리시는 그림을 공짜로 3년을
봤어요. 근데 화첩을 구매했더니 10퍼센트 디씨(할인)를
해주더라고요. 그동안 그림 본 걸 가격으로 따지면 3억은 될
텐데 차마 디씨를 못 받겠더라고요. 카드로 3개월 긁어서 어쩔
수 없이 디씨를 받은 게 미안해서 디씨받은 2만 5,000원을
시인님께 드리고 싶어서 그렇습니다."

"디씨는 출판사에서 해드리는 거니까 그냥 받아도 되고 저랑은 무관합니다."

나는 이렇게 말하며 사인을 해드린다고 해도 기어이 돈을 줘야겠다며 고집을 부리신다. 마음이니까 받으라는 말에 잠시 고민을 했다. 남이 주는 건 무조건 받아야 주는 사람도 기가 살고 받는 사람도 기가 산다는 어머니 말씀이 생각났다.

"그럼, 10퍼센트 디씨받으신 값 2만 5,000원만 주세요."

"아, 잠시만요, 그럼 잠깐 나갔다 올게요."

어디를 다녀왔는지 5,000원짜리를 바꿔 와서 정확히 2만 5,000원을 내미신다. 주는 사람 기분 좋으라고 넙죽 받고 정성을 들여 사인해드렸다. 그분은 다소 의기양양해지셔서 목소리를 높였다.

"시인님, 제가 그림을 꼭 하나 사고 싶기는 한데요, 그림 값이 예상보다 쎄요. 하하하, 그림은 나중에 꼭 살게요."

"아이고, 그림은 본래 사는 게 아니고 그냥 그렇게 인터넷으로 보는 겁니다. 하하하."

서로 옥신각신 대화를 나누었다.

"아뇨, 아뇨, 실물을 보니 완전히 느낌이 달라요."

"화첩을 사신 것만도 고맙습니다."

질솔
긴술을 그
근친처럼마
육력놈자나다꽃꽃에정겁
무림를놓아꽃눈녕월슬
쉬어는비찾면이이흘
발왔자파가뜨판분나
로다리르는게다!
고중운

"고맙다니요, 이까이꺼 옷 한 벌 안 사고, 양주 한 병 안 마시면 되는 건데, 120점이나 그림이 든 이 좋은 화첩을 안 살 수가 없지요. 이건 화첩이 아니라 얼매나 무거운지 쇳덩어리 같아요. 복도에 있는 견본 화첩 첫 장을 펴는데 심장이 '쾅' 하더라고요. 시인님, 그림 그린 과정과 페북에 올리시는 재밌는 글 다 봤어요. 여름에 난닝구 입고 쪼그려 앉아 그림 그리시던 모습도 기억나고요. 우쨌든 이 화첩을 가보로 삼겠습니다. 저는 전남 화순에서 왔어요. 이걸 들고 내려가면서 몇 장만 아껴서 볼라고요. 저짝에 있는 저 나리꽃 그림 있잖아요. 후처로 시집와서 눈에 티 들어간 사람들 혀로 빼내주는 이야기 있잖아요. 아이고, 읽고 눈물이 나더라고요. 참 시인님 천재 확실해요."

"아이고, 감사합니다. 고맙습니다."

"아이고, 별말씀을요. 애들 엄마도 이 화첩 보고 싶다고 얼른 들고 내려오라고 난리네요."

"아이고, 고맙습니다."

"아이고, 별말씀을요."

우리는 그렇게 서로 "아이고, 아이고" 하면서 머리를 막 자꾸 숙이며 바닥으로 내려갔다. 기어코 바닥을 머리로 쾅쾅

박으며 "아이고 감사합니다, 아이고 별말씀을요, 아이고 영광입니다, 아이고, 아이고…" 했다. 다소 과장된 표현이지만 기분은 딱 그랬다.

"시인님, 저 그림 안 팔리면 제가 살게요. 대신 할부로요."

"하하하, 제가 사업자도 아니고 카드 단말기도 없지만, 정말 안 팔리면 팔게요. 그냥 매달 조금씩 알아서 제 통장에 입금해주세요."

"아, 정말요?"

"네, 정말로요."

생전 처음 할부로 그림을 팔게 될지도 모르겠다. 하여튼 기뻤다. 아이고, 고맙습니다. 아이고, 별말씀을요. 아이고, 아이고…. 우리들의 '아이고'는 길고 진지했다.

사람은 정으로 산다

파도가 있어야 바다가 싱싱해져.
움직여야 안 썩어.
싸우는 것도 나쁘지는 않지.

"이제 연세도 있으신데 횟집만 하시지?"

"내가 잡은 고기라야 신선도를 알아."

"고기는 다 똑같지요, 뭐."

"안 그렇다니. 물고기도 성질이란 기 있어. 바로 잡았다고
다 싱싱한 것도 아니고 잡은 지 좀 됐다고 안 싱싱한 것도
아니고, 잡자마자 퍼지는 놈도 있어."

"무슨 말씀인가요?"

"늙었는데 안 늙은 기 있고, 젊은데 늙은 기 있다니까."

"아이고, 뭔 말씀인지 점점 어렵네요."

"죽을 때까지 살라고 바둥거리는 놈이 있어. 그런 놈이
싱싱해. 수족관에 넣으면 일찍 포기하고 적응한 놈은 한나절
만에도 육질이 물렁해져. 바둥거리는 놈은 낼모레까지 탱탱해

칼이 져."

"칼이 지다니요?"

"칼을 다시 갈아야 된다고. 내가 평생 바둥거리니까 우리
마누라가 날 사랑하잖아, 하하하하. 자식새끼들 키우느라 안
바둥거릴 수도 없었고."

"다 키우셨는데 이제 좀 쉬엄쉬엄하며 사시지."

"얘기를 해도 그러네, 쉬엄쉬엄 하면 몸이 썩는다니까.
파도가 센 날 잡은 고기가 더 싱싱하기도 하고."

"싱싱한 기 보여요?"

"보이기도 하고 만져지기도 하고, 안 봐도 보일 때도 있고,
안 만져도 만져지고, 눈으로도 만지고."

"아이고, 어성호 선장이 아니라 동해 어성호 시인이시네요."

"시는 자네가 잘 쓰잖는가?"

"시는 이쁘게 꾸미는 새끼들이 잘 써요. 저는 그냥 모양
빠지는 막시만 써요."

"회도 막회가 좋아. 모양 좋고 비싼 거 사 먹을 필요 없어.
배에서 막 썰어 먹는 기 최고고. 쓰끼다시 마이 나오는 집은
안 가는 기 좋아. 낼 바다 같이 나갈라만 나가자고, 배에서 한
마리 썰어 먹자고."

"태워줄라고요?"

"멀미나 하지 마. 낼 안 올라가만 아침 일찍 와, 배
띄울라니까."

"네."

"우와~ 선장님요, 저 좀 봐요, 파도가 아무리 허공을 쳐도
갈매기를 못 잡네요?"

"갈매기는 높고 가벼웅께."

"우와~ 선장님요, 저 좀 봐요, 아무리 쳐도 파도가 바위섬을
못 이기네요?"

"바위섬은 낮고 무거웅께."

"거~참, 그럼 파도를 이기려면 높고 가벼워야 돼요, 낮고
무거워야 돼요?"

"뭐할라고 이겨? 파도를 타고 같이 놀아야 배가 나아가지.
김 시인은 싸우고 이기고 그거밖에 몰라?"

"아니, 뭐 기왕이면 이기는 게 좋지 않나 싶어서요. 파도는
천하에 쓸데없는 짓만 하고 있는 거 같아요."

"아냐, 파도가 있어야 바다가 싱싱해져. 움직여야 안 썩어.
산소를 잡아서 바닷속으로 가져가는 게 파도야. 싸우는 것도

나쁘지는 않지."

"멀미 안 나요?"

"왜, 멀미 나? 고마 가까?"

"아뇨, 선장님 멀미 안 나냐니까요?"

"30년 배 탄 사람이 뱃멀미하는 거 봤어?"

"아, 그냥 물어보는 거잖아요, 멀미 안 나요?"

"멀미 안 나. 자네가 멀미나는구만."

"아뇨, 나도 멀미는 안 나는데요, 우웩~"

"멀미하네."

"선장님요, 고만 돌아가요. 회고 나발이고 식당 가서
먹읍시다. 그카고 식당에 가면 사람들한테 제가 뱃멀미를
해서 일찍 돌아왔다고 말하지 마요. 부탁해요."

"허허허허허, 말 안 하께, 자아, 고만 가자고."

"하여튼 말하지 마요. 선장님네 식당 맞은편 건어물상회
있잖아요. 거기 처자가 저 좋아하는 거 같으니까 소문내면 안
돼요. 저보고 굉장히 용감하고 씩씩해 보인다고 했거든요."

"처자 아니라. 그카고 김 시인 나이가 몇 갠데 처자를
좋아해, 그카만 도둑놈이지."

"아이고, 나이가 뭐가 중요해요. 저보고 30대 같다고

했거든요."

"춘천으로 시집갔다가 남편이 때려서 1년 만에
이혼해버렸어. 때리는 놈하고는 절대 못 살지. 가 아바이가
가서 이혼시켰어. 아도 없고 잘됐지 뭐. 이태 전에 돌아왔을
때는 얼굴이 바싹 말라 시커멓고 형편없더니 요새 얼굴이
아주 좋아졌어. 계속 그놈하고 살았으면 말라죽었을 꺼라
카더라고."

"참 이쁘던데…"

"관심 있어?"

"아니, 그냥 물어본 거라요. 하여튼 저 뱃멀미한다는 소리는
절대 하지 마요. 전에 쥐포하고 반건조 오징어 좀 샀는데요.
김을 한 톳이나 제 카메라 가방에 막 쑤셔 넣어주더라고요."

"김 시인한테 관심이 있는가 보네. 잘해봐."

"아니, 뭐 잘할 것은 없고요. 정치적인 견해가 안 맞을 거
같아요."

"그 노무 정치가 뭐가 중요해, 사람 사는 거 정으로 사는
기지."

"그래도 불한당을 지지할 수는 없지요."

"불한당을 지지하지도 않겠지만, 혹시 지지한다카만 왜

지지하는지 물어보고 대화를 하만 되지.”

“그게 대화로 안 될 거 같아요.”

“대화로 안 되는 기 어데 있나. 대화로 다 돼. 나도
첨에 마누라하고 엄청나게 싸웠는데 자식들 때메 대화를
시작했는데 되더라고. 지금은 나 없으면 못 산다 카는데 뭐.”

“하여튼 뱃멀미한다는 소리는 하지 마요. 우웩~ 제가 좀
씩씩하고 용감하게 보이고 싶거든요. 우웩~”

“어허, 먼 데를 봐, 먼 데를, 그래야 멀미가 덜 나. 씩씩하고
용감하기는 개똥이나~”

“우웩~ 저 멀미 안 나요, 파도가 심해서 그래요, 우웩~”

“허허허허, 건어물상회 처자한테 그림이나 하나 그려서
주고 가.”

“그림은 공짜로는 절대 남 안 줘요. 우웩~”

질서 있는 대화

깊은 산에 물소리 바람소리 새소리 제각각이지만
어우러져 듣기 좋은 자연의 소리가 되는 것처럼
평화롭고 두런두런 깊었다.

파장 무렵 장을 다 본 어르신들이 정류소에서 버스를
기다리며 두런두런 대화(?)를 나누신다. 신기한 건 대화
내용이 아주 가끔 일치하고 거의 다 제각각인데도 고개를
끄덕이시고 서로를 쳐다보며 간간이 웃으신다는 거였다. 같은
마을에 사시는 분들이었다.

할아버지 머, 장 본 것도 없고 머 그냥 왔다 가는 거여.
아무것도 안 샀어.

할머니 1 우리 딸이 참지름 좀 사서 부치라고 했는데
참지름이 비싸.

할머니 2 아 저노무 버스는 얼른얼른 싣고 가지 왜 저래
기다리기만 하누.

할머니 3 시간이 돼야 싣지. 아이고, 우리 집 양반은 전화도

없네.

할머니 2 호호호호, 신발은 사고 소금을 안 샀네.

할머니 1 참지름이 중국산은 싸고, 우째 들찌름이 더 비싸?

할아버지 허허허허, 나는 머 장 본 것도 없고 머 술이나
한잔 하까 싶어 왔는데 친구들이 벌써 '땀부랑'해서 살짝
빠져나왔어. 버스 놓치만 택시 타야 혀서.

할머니 1 호호호호, 들찌름도 중국산이 있으이 희한하데.

할머니 2 시간이 왜 이래 더디 가?

할머니 3 우리 집 그 양반은 혼자 택시 타고 온다고 날
버리고 가버렸어. 전화한다더니 안 하네.

할머니 2 버스 오네, 버스 와.

할머니 1 들찌름이 비싸도 한 빙 사는 건데…

할아버지 머, 이제 집에 가서 한잔해야지 머. 나는 머 산 것도
없고…

내용이 제각각인 대화에 질서가 전혀 없는 것은 아니었다.
왼쪽에서 앉은 순서대로 오른쪽으로 차례차례 한 분씩
말씀하셨고, 다시 오른쪽에서 앉은 순서대로 왼쪽으로
말씀을 넘기셨다. 버스가 오자 할아버지가 제일 먼저 일어나
쫓아가시고 그다음 할머니1 할머니2 할머니3 순서대로

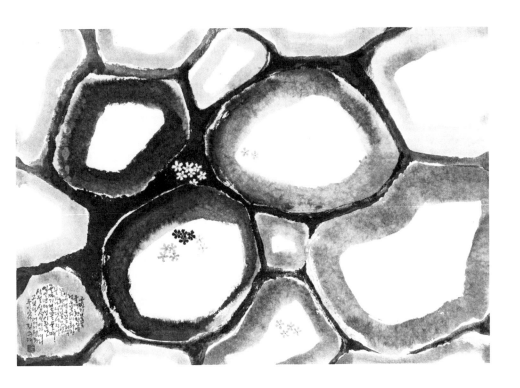

일어나서 버스로 가신다.

어르신들 떠난 자리를 가만히 쳐다보며 어르신들 대화를 복기해보았다. 아무리 생각해도 그냥 제각각 혼잣말을 하신 거였지 내용이 통하는 대화가 아니었다. 그런데도 한 끈에 굴비 엮인 듯이 같이 웃고 같이 줄줄이 일어나 버스를 타고 떠나셨다. 대화의 내용보다 대화한다는 사실을 버스를 기다리며 즐기신 게 아닐까 싶다.

깊은 산에 물소리 바람소리 새소리 제각각이지만 어우러져 듣기 좋은 자연의 소리가 되는 것처럼 평화롭고 두런두런 깊었다. 함께한다는 것, 함께 산다는 것이 꼭 내용까지 함께여야 하는 것은 아닌 모양이다. 같은 시간, 같은 시대를 사는 것만으로도 이미 '어떤' 함께라는 것 아닐까?

알뜰한 당신과 낮술

한 사람의 몸짓이나 말투나 표정에는 그 사람의
일생이 들어 있다. 그런데 사람들은 그것을
거의 순식간에 읽어버린다.

가을. 가양대교를 건넌다. 창문을 열고 차는 일산 쪽으로
달린다. 제법 선선한 바람이 분다. 멀리 강가 둑길에 자전거를
타고 달리는 사람들이 보인다. 방화대교 못 가서 오른쪽으로
방향을 튼다. 차는 고물상들이 늘어선 길을 따라 강가로
달린다. 가끔 혼자 찾아와서 차를 세워놓고 자거나 책을 읽던
곳에 도착한다.

오늘은 아주머니 혼자 장사를 하고 계신다. 으레 자전거를
옆에 세워둔 손님들이 여러 명 라면을 먹거나 술을 마시고
있다. 강가 임시주차장 근처에 들어선 무허가 포장마차이지만
자전거를 타고 나들이 나온 사람들이 많이 찾는 곳이다.
장사가 잘되는 데는 아주머니의 넉넉한 인심과 음식 솜씨도
한몫했겠지만, 답답한 도심에서 살짝 벗어난 곳에서 느끼는

해방감 같은 것도 있으리라.

핸드폰 케이스가 너무 낡아서 버릴까 하다가 간이탁자 위에
무심코 올려놓았던 것을 아주머니가 천막 한쪽에 감춰 보관해
뒀다가 돌려준다. 보름도 더 되었다. 그냥 버려도 될 만큼
낡은 것인데 아주머니 보기에는 얼마든지 써도 될 물건으로
보였던 모양이다. 버려도 그만인 것이었지만 마치 찾던
물건을 돌려받은 것처럼 짐짓 호들갑을 떨면서 연신 고맙다고
인사를 드린다. 흡족해하시는 아주머니의 얼굴을 보면서 나의
연극은 무르익기 시작한다. 새로 사서 끼운 핸드폰 케이스를
아주머니 몰래 얼른 벗겨 주머니에 넣고는 말한다.

"아이구 아주머니, 제가 이걸 한참 찾았어요."

"전에 왔을 때 막걸리 드시고 그냥 두고 가셨더라고요.
호호호."

"이거 참, 고맙습니다."

"뭘요, 아직 쌔거 같아서 보관해 뒀어요."

전혀 새것이 아닌데 아주머니 눈에는 새것으로 보였던
거다. 알뜰한 당신 어쩌고 하는 노래가 잠깐 머리를 스친다.
술이 취했으면 즉석에서 '알뜨란 다앙신' 해싸며 허스키한
목소리로 노래를 불러드릴 텐데.

"고맙습니다. 아주머니, 오늘은 친구가 차를 가지러
온다니까 소주 한 두어 병 먹어도 뭐라고 하지 마세요,
하하하."

짐짓 호기를 부리며 소주를 시키고 제일 비싼 5000원짜리
오징어볶음을 거만하게 시킨다. 평소엔 계란말이 3000원
짜리를 시켰다.

"혼자 다 못 드시면 반만 시켜요."

"아, 아주머니 저 잘 먹어요. 좀 많다 싶으면 손님들
나눠드리죠 뭐, 하하하."

나의 거만은 하늘을 찌른다. 주머니에 만 원짜리 두 장이
있으니 그럴 만도 하다. 그러면서도 속으로 퍼뜩 계산을
해본다. 소주 두 병 만 원, 오징어볶음 오천 원. 아, 큰났다,
친구가 와서 라면이라도 먹고 소주 한 병 더 먹는 날엔 돈이
모자란다. 안 되겠다. 사람은 겸손해야 한다.

"저 아주머니이, 그럼 반만 시킬게요. 허허허."

라면, 돼지껍데기, 오징어볶음, 각종 술…

합판 쪼가리에 아무렇게나 쓰여 바닥에 놓인 삐뚤빼뚤
기어가는 글자들에서 왜 그렇게 맛있고 칼칼한 양념 맛이
나는지 모르겠다. 이 집에 오면 돌덩어리에 기대어 세워놓은

삼월에는 사과꽃 피는 소리를 버티고 누워있다가 방울토마토만한 사과가 열리는 줄도 모르고 누워있다가 바람 불고 가물 하느지 누워있다가, 잘익은 사과가 바에에 뚝, 떨어지면 "아이고"하는 소리를 내면서 일어나는 거지. 삼학년 삼이학 "결실"를 쓰고 그림 김주대

합판의 글씨만 봐도 침이 돈다.

남편과 사별하고 거리장사를 시작했다는 아주머니의 투박한 손으로 쓴 메뉴판에서 어째서 끓지도 않은 라면 냄새가 나는지. 아주머니의 낡은 슬리퍼에 지나온 길들이 까맣게 달라붙은 게 어째서 보이는지. 한강 하류 무허가 포장마차에 어째서 사람들이 몰려와 후후 불며 라면을 먹고 바람 속에서 그토록 기분 좋게 막걸리를 마시는지. 싸고 푸짐하고 맛깔스러운 음식과 함께 찌그러진 그릇에 담겨 나오는 아주머니의 순박한 일생을 사람들은 눈치챘는지도 모른다. 손톱이 다 닳은 아주머니의 물기 묻은 손에서 생활의 고단한 여정과 속임 없이 순한 인생의 맛을 퍼뜩 느껴버렸는지도 모른다. 나는 또 버릇처럼 튼튼하고 알뜰한 이 아주머니와 함께 사는 걸 상상해본다. (나의 상상이 병적이란 걸 나도 안다. 그러나 자꾸 상상되는 걸 어쩌란 말인가. 나도 괴롭다.)

"자기야, 오늘 장사 정말 잘됐어. 자기는 시 마이 썼어?"

"응, 안 그래도 청탁 들어온 원고 다 쓰고 당신한테 가려던 참인데, 오늘은 일찍 들어왔네."

"재료가 다 떨어졌어, 오늘은 웬 사람들이 그렇게 많이 오던지."

"아이구 당신 부자 되겠다."

"나만 부자 되나, 자기도 같이 부자 되는 거지. 자기는 내껑께, 호호호."

"허허허 사람 하고는, 내가 그렇게 좋아?"

"응, 사람들이 남편 있냐고 물으면 집에서 글 써요, 인터넷에 사진도 나오고 유명해요, 늘 그렇게 말해."

"인터넷에 나온다고 다 유명한 거 아냐. 근데 난 당신 손만 보면 미안한 생각이 들어, 그 곱던 손이 이게 뭐야."

"괜찮아, 남편 잃고 혼자 산다고 자기가 나 꼬실 때, 태어나서 처음으로 시도 받아보고 너무 좋았어, 지금도 행복해. 자기는 아무 생각 말고 시나 마이 마이 써. 시 쓰는 게 그렇게 좋다면서. 시 못 쓰면 죽을 것처럼 해놓고."

"…"

"자기야 울어? 왜 말이 없어?"

"울긴, 그냥 고맙고 좋아서 그렇지."

"고마울 거 하나도 없어, 나도 좋아서 하는 거야. 힘들 때도 있지만 이불 속에 나란히 누워 자기가 쓴 시 읽어줄 때는

하루 피로가 다 풀려. 어젯밤에 읽어준 시 하루종일 생각하며
일했어. 내 눈에 뭐 기러기가 날아다닌다는 그 시."

처음 본 당신의 눈에서
어릴 적 고향 마을을 찾아
초승달 물고 날아가는
기러기를 보았다
당신의 눈길을 본 날
날지 못하던 내 몸 속
무수한 기러기들이
어머니와 누이의 마을을 찾아
당신의 눈 속으로
서둘러 날아오르기 시작했다
다 같이 없었으면서도
다 같이 행복했던 평온한 마을
잃어버린 마을이
당신에게도 있다고 생각하니
그날 한동안 푹해졌었다
그걸 아는지 모르는지 당신

고향의 저녁 같은 눈빛 속에는
기러기 떼
기러기 떼

"근데 자기야!"

"응?"

"전에 자기 후배 왔을 때 자기 시가 어렵다고 하던데, 왜 나한테는 쉬운 시만 읽어주는 거야?"

"쉽고 어렵고 그런 게 어딨어. 당신한테 읽어주는 시를 어렵게 써대면 그건 건방진 거지."

"치~ 나도 어려운 시 알아들을 수 있을 거 같은데…"

"얼른 씻어 내가 물 받아 놨어, 내가 씻겨 줄까? 자아, 빨리 이리로 와."

"아이구 자기야 자기는 왜 맨날 바지부터 벗기려고 덤벼들어, 윗도리 먼저 벗어야 덜 답답하지."

"하하하 미안 미안 알았어."

"자기야 브라자 끈 풀 때는 좀 살살 해봐, 앞에 단추가 있는 거니까 여길 잡고 풀어야 돼."

"킥킥킥킥."

"왜 그래?"

"그냥."

"그냥이 뭐야 그냥이, 으이구 짐승, 호호호호 간지러워."

"흠~ 당신 발 꼬랑내에도 이젠 익숙해졌어."

"몰라 몰라 양말을 안 신어서 그래."

"이제 주말 이틀은 내가 나가서 포장마차일 할 거니까 그렇게 알어."

"안 돼 자기가 하면 손님 다 떨어져."

"아냐, 손님 떨어져도 내가 이틀은 일할 거야, 당신은 그 때 목욕탕도 가고 친구들 만나서 영화도 보러 가고 그렇게 해."

"아니, 자기 왜 갑자기 날 그렇게 생각해 줘? 이상해졌어, 시는 안 써?"

"음… 그러니까 그게 말이야. 사실은…"

"사실은?"

"말해도 돼?"

"응, 말해도 되지 당연히, 말해봐."

한참 망설이는 척하다가, 리듬을 타고 고개를 아래 위로 흔들며 노래로 답한다.

"술 마시~려고오~ 술 마시~려고오~"

뒷산 진달래꽃 피단소리 붉다. 모으면 한줌도 채우겠다. 그대 웃음소리에 젖던 첫눈처럼 몸이 붉어진다.

심월년사월성사밤 "진달래꽃"을 쓰고 그리다. 김주대.

그 때, 우당탕 퉁탕 바가지 깨지는 소리와 함께 갑자기 물덩어리가 마구 날아온다.

"아이구, 이 망할 자기야, 내 그럴 줄 알았어, 절대 안 돼 저얼때로 안 ~ 돼~"

기왕 젖은 옷, 나도 옷을 다 벗는다, 홀딱 벗고 물장난을 치며 함께 목욕을 한다.

뭐 이런 행복한 상상을 하며 마신 술이 벌써 두 병째다.

차를 가지러 오겠다던 친구 놈은 오지 않는다. 양말을 신지 않은 아주머니의 발을 경건한 마음으로 쳐다본다. 다리가 참 굵다는 생각을 한다. 생활이 마음을 만들기도 하지만 몸을 만든다는 생각을 한다. 아주머니의 손과 발에는 아주머니의 소박하고 강한 역사가 깃들어 있다. 내가 본 역사는 역사책에 있는 것이 아니라 한강에 있다.

술값을 계산하려고 일어선다. 좀 취했다. 아주머니를 부른다. 다가오는 아주머니를 보고 '아뜨란다앙시인~' 하는 노래가 나오려다가 쏙 들어간다. 아주머니가 서비스 라면을 끓여가지고 오고 있다. 아, 아주머니는 결코 알뜰하지 않다. 막 퍼준다. 같이 살기 힘들겠다. 하하하하하, 그래도 기분

조오타~

한 사람의 몸짓이나 말투나 표정에는 그 사람의 일생이
들어 있다. 그런데 사람들은 그것을 거의 순식간에
읽어버린다. 신도 인간보다 눈치가 빠르지 않다. 존재의
유배지로 온 인간의 생은 존재의 근원에서 끊임없이 보내오는
신호를 귀신처럼 알아차리고 반응한다. 그 신호는 때로
거리장사를 하는 낯선 아주머니의 낡은 슬리퍼이기도 하고,
그 아주머니가 삐뚤빼뚤 쓴 메뉴판의 거친 글씨이기도 하다.

돌아갈 수 없다고 해도 우리는 늘 존재의 근원을 향해
모가지를 길게 빼고 있다. 모가지를 길게 뺀 사람들은 서로를
알아본다. 그 눈치로 모르는 사람끼리 만나 한강 하류에서
낮술을 함께 마실 수 있다. 인간적이라는 말은 낮술에서
시작되었다.

포옹

이야기 서화집

글·그림 김주대
펴낸이 김언호

펴낸곳 (주)도서출판 한길사
등록 1976년 12월 24일 제74호
주소 10881 경기도 파주시 광인사길 37
홈페이지 www.hangilsa.co.kr
전자우편 hangilsa@hangilsa.co.kr
전화 031-955-2000 팩스 031-955-2005

부사장 박관순 총괄이사 김서영 관리이사 곽명호
영업이사 이경호 경영이사 김관영 편집주간 백은숙
편집 이한민 박희진 노유연 박홍민 김영길
관리 이주환 문주상 이희문 원선아 이진아 마케팅 정아린
디자인 창포 031-955-2097
인쇄 신우 제책 신우

제1판 제1쇄 2022년 5월 31일
제1판 제3쇄 2023년 6월 30일

값 19,000원
ISBN 978-89-356-7655-2 03810